강혜정 에세이

반은 미치고
반은 행복했으면

차례

제주공항에서 만난 연예인

떠나는 아쉬움 때문인지 시간 계산을 허투루 하는 것인지는 잘 몰라도 이상하게 서울 가는 비행기 편은 느긋하게 간 적이 없었다. 이유 없이 차도 막히고 시작부터 무언가 잘 풀리지 않더니 결국 빠듯한 시간이 되어서야 공항에 도착했다. '인생은 줄 서는 것부터'라는 말은 누가 했던가. 탑승하고자 수속을 밟으려 서 있던 줄은 줄어들 생각을 안 한다. 위탁 수화물 대기가 뭐라고, 남들 다 부치는 짐 굳이 핸드 캐리해서 빠르게 나가겠노라 포부를 다진 덕분에 양손에 들린 짐만으로도 천근만근이었다.

긴 기다림 끝에 출국장으로 들어서니 제일 까다로운 수화물 검사만이 남았다. 나름 머릿속으로 짐을 빠르게 챙길 수 있는 동선을 정해 하나씩 바구니에 넣고 검색대를 통과한다. 숨가쁜 마음과는 정반대로 거북이같이 기어나오는 짐들을 잽싸게 하나씩 챙기는데, 시야에 들어찬 동선 가운데 호들갑스럽게 반기며 사진을 찍어대는 10대 후반 여자아이를 보았다. 내심 속으로 좋지 않은 타이밍이다 생각하며 내색하기에는 조금 불편한 짜증이 어린다. 내 사정이야 어떻든 본인 목적만 달성하고자 달려드는 그 친구를 향해 나도 모르게 재채기처럼 튀어나온 말.

"저기요, 죄송한데 그냥 막 사진 찍지 마세요!"

속없이 해맑게 웃으며 서 있던 그 친구는 따끔거리는 말 한마디에 놀라 일행 쪽으로 달려갔다. 그 순간에도 나는 짜증을 내며 검색대를 지나 에스컬레이터에 올랐다. 앞쪽에 서 있는 그 아이. 양쪽에는 수수한 차림의 부모님. 아이는 꾸지람을 들으며 심각한 듯 고개를 숙이고 있었다.

"얼른 죄송하다고 말씀드려. 너 같으면 짐 챙기느라 정신없는데 몰래 사진 찍고 그러면 기분좋겠어?"

"그래. 네가 예의 없게 행동한 거야."

그 순간 에스컬레이터에서 내리는 가족들. 걸어오던 나를 향해 뒤돌아 한 발짝 다가와서는 죄송하다며 사과한다.

"죄송해요. 아까는 제가 실례했어요. 사진은 지울게요. 정말 죄송합니다."

아, 이를 어쩌지 싶었다.

"아니에요. 괜찮아요. 저도 정신이 없고 예민해져서… 진짜 괜찮아요."

그러자 꾸벅 인사하고는 돌아서 부모님을 향해 달려가는 다 큰 아이의 뒷모습엔 후련함이 보였고, 부모님의 얼굴에선 '그래 내 새끼 잘했다' 싶은 격려의 미소가 느껴졌다.
순간 나는… 부끄러웠다. 내게 사과하는 순간 그 아이의 부끄러움이 나에게 전이된 느낌이었다. 좋아서 반기는 어린 친구에게 감정 조절을 못하고 날을 세운 창피함만 덩그러니 남은 느낌이었다.
나는 그들을 뒤따라가 양해를 구하고 함께 사진을 찍었다. 앞뒤 설명 없이 정말 감사하다는 말까지 전했다. 솔직히 그랬다. '자기중심적인 세상에서 타인을 헤아리는 것은 시간

낭비다'라든가, '사과는 마음으로 비난은 행동으로'라는 식의 암묵적 보호망을 가르듯, 병아리 부리 끝에 달걀껍데기가 깨져 한줄기 빛이 쏟아지는 희망이 보였다.

그들은 세상에서 가장 품위 있고 멋진 부모님, 누구보다 바르고 착한 아이였다. 부끄러움에서 스스로 벗어날 수 있는 책임과 용기를 일깨워주고, 또한 실천하고 그 끝에 따뜻하게 안아줄 수 있는 가족…. 나는 가끔 그분들이 생각난다.

착한 질병

누군가를 위로한다는 건 엄청난 시뮬레이션을 요구한다. 그 사람의 사건과 감정, 현재의 상태 그리고 이후의 상황. 비교적 공감 능력이 뛰어난 사람임에도 가끔은 상상력이 오작동을 일으키나보다. 그로 인해 오늘 또 한번 마음이 덜컹 내려앉는다.

'아, 이러려고 그런 게 아닌데, 그냥 아무 말도 하지 말걸.'

후회가 배부른 트림처럼 깊은 한숨으로 쏟아진다. 애써 분위기를 전환하려 가볍게 뱉은 말로 어색함을 배로 만드는 아둔함이란 고치려 해봐도 고쳐지지 않는 착한 질병이겠지. 타인을 위한다는 자만심은 결국 잘못된 선택을 하게끔 만든다. 이럴 때 우리는 조용히 침묵하고 듣고 끄떡이며 안아주기만을 바라면서도, 이내 내 뜻을 밝히는 오류를 범할 때가 있다.

인피니트 스크롤

이렇게 3년의 시간이 흘렀다. 내가 정말 하고 싶었던 게 '생각'만이었던 것처럼 회의감을 베개 삼아 시간에 드러누워 열량만 축내고 있다. 대체 언제까지 이어질까. 하고 싶은 걸 찾기는 할 수 있는 건가 또 생각한다.

인간은 생각하는 동물이라 생각만으로도 충분히 발전하고 있다는 자기위안 속에서, 나는 허송세월을 너무 즐기고 있는 건 아닌지… 진짜 내가 있어야 할 자리는 내가 하고 싶은 일, 내가 해야만 하는 일이 아닌 뭐라도 해내야 하는 일에 있는 건 아닌지… 가치라는 프레임을 씌우자면 곧 버려질 시간들로부터 수당이라도 챙기는 게 맞는 건 아닌지….

여전히 생각들로만 가득찬 하루를 보내고 있다. 행동은 막연하고 선택의 폭은 너무 좁다. 무언가 갈증을 느끼다가도 이내 없던 일이 되고 만다. 내 삶에 대한 책임감과 열망의 끝에는 한 뼘짜리 지문으로 통하는 세상에서 자멸하는 엄지손가락의 고뇌만 춤출 뿐이다.

그 사람 믿지 마

나는 친절한 사람을 좋아한다. 그냥 기분이 좋다. 인사는 웃으면서 해야 한다, 매너가 사람을 만든다 등등 세상의 기준을 열거하지 않더라도 상대방의 친절과 상냥함은 이따금씩 나를 무장해제시킨다. 아무래도 나란 사람은 생각보다 정이 고픈 사람인가보다.

반면 어떤 이들은 타인의 약점을 본능적으로 파악한다.
마치 세렝게티의 날렵한 사냥꾼이 무리 가운데 약자를 한눈에 파악해 전속력으로 달려들듯 그들 역시 타깃의 약점을 끈기와 집요함으로 파고들어 결국 사냥에 성공한다. 내게 그 약점은 '정'을 고파한다는 것이었다. 가려운 곳을 긁어주고 아픈 곳을 어루만져주며 필요한 것을 채워주는 따뜻하고 사려 깊은 정. 마른 연못이 촉촉이 채워지는가 싶은 순간 그토록 숭고하던 '마음' 정(情)은 '못' 정(釘)이 되어 비수로 꽂힌다. 동료, 친구, 연인 그리고 가족까지도….
그들이 맹수로 돌변한 순간에 먹잇감이 되었다는 사실을 알아채는 것은 확률적으로 매우 낮다. 내어줄 대로 다 내어주고 나서야 끝이 난다. 몸을 단련시키듯 고통의 과정을 반복해야만 그나마 방어구가 생겨나는 것처럼 나는 벌써 이런 이들을 제법 겪은 듯하다.

부디 더이상 결핍에 흔들리는 미련을 범하지 않길 되새김질해댈 뿐이다.

어릴 적 나는 용돈을 받는 대로 '구두쇠 오빠'라는 저축은행에 그 돈을 고스란히 맡겼다. 물론 반강제적인 부분이 없지 않았지만 오백 원, 천 원이 모여 분명 만 원 이상이 될 거라는 기대와 '돈 받고 급상냥해진 오빠'라는 소정의 이자를 음미할 명목으로 순진한 선택을 했었다. 당연히 그 돈들은 고스란히 오빠의 소유가 되었다. 간혹 이따금씩 이자를 챙겨줘야겠다고 생각했는지 학교 앞 문방구에 들러 불량식품 몇 가지를 양손에 쥐어주고는 의기양양해했다. 그러던 어느 날 오빠는 나를 앞세워 동네 통닭집으로 향했다.

"이거 네가 여태까지 모은 돈에 내가 삼천 원 보태서 사주는 거야. 맛있게 먹어."

내 눈앞에서 요상하게 다리를 꼰 채로 기름기 제대로 흘리고 있는 통닭을 보고 있느라 수학적 계산 따위는 안중에도 없었다.

"와, 오빠 짱!! 잘 먹을게!"

그것이 나의 무지한 투자의 첫걸음이었다.

나는 공부를 열심히 하지는 않았지만 어린 나이에 시작한 사회생활에서는 그 누구보다 치열하게 살아가고 있었다. 대학도 포기하고 뛰어든 사회에서 개처럼 번 돈으로 학자금 대출과 집안의 가세를 바로잡으며 경제적 가장으로서 최선을 다했다. 밤낮없이 일한 대가로 오빠와 동생의 대학 학비부터 생활비까지 지원해줄 수 있었다. 비록 벌어온 돈은 항상 남김없이 쓰였지만 의미 없진 않았다.
그렇게 몇 년이 지나 동생이 졸업을 했다. 하지만 오빠는 쉽게 일어서지 못하고 결국 주저앉고 말았다. 무슨 얘기냐 하면… 군대와 휴학 그리고 복학을 반복하며 남들의 두 배 이상 다닌 학교를 고작 한 해 남겨두고 그만둔 것이다. 명분은 간단했다.

'나도 이제 경제활동을 하고 싶다. 공부만 해서는 언제 돈을 벌 수 있을지 장담하기 힘들다. 고로 나는 사회에 뛰어들어 가족의 생계를 책임지고 싶다.'

셀 수도 없을 만큼의 계절을 적립한 시간과 그간 들어간 학비를 생각하면, 그 끈을 놓는다는 것은 오빠만큼이나 내게도 쉽지 않은 일이었다. 그러나 그의 인생이지 않은가. 아무리 내가 노엽다 한들 수긍하지 않고는 싸울 길이 없었다.
그렇게 사회로 뛰어든 오빠는 나이의 장벽, 학력의 장벽, 선택의 장벽에 부딪혀 방구석으로 숨어들고 있었다. 명석한 두뇌와 지구력을 발휘할 만한 일은 조건을 갖춘 이들이나 밟을 수 있는 땅이었고, 수년간 캠퍼스를 떠돌며 방황하던 칼날은 뭐 하나 벨 수 있을 만큼 날이 서 있지도 않았다. 하루하루 벌어질 이상과 현실의 갭을 미처 알지 못했던 오빠의 시간은 점점 저물어갔고 또 한번 나의 장기 저축은 파산을 선고했다.

가끔씩 보는 드라마에선 어려운 환경 속에서도 꿋꿋이 아르바이트를 해가며 학비를 벌고 생활해나가는 청년들의 모습이 나온다. 그들이 품는 희망, 인내와 향상심은 상상을 초월한다. 물론 드라마니까 드라마틱하지 않을 수 없다. 하지만 만약 그가 다른 옵션 없이 스스로 일어서야만 하는 환경이었다면. 정말 지켜줄 수 있는 거라고는 자신의 의지 하나였다면. 지금처럼 주저앉았을까, 아니면 곧잘 이겨내어 결승선을 향해 나아갔을까.
나는 페이스메이커를 자처하며 그의 옆을 달리다 결국 그를 앞서버렸고, 그는 앞질러가는 내 등을 한참 바라보다 자신을 놓아버렸다. 나에게 시간을 되돌릴 기회가 주어진다면 나는 그에게 믿음이 충만한 헌금을 내어줄 것인가. 아니면 그에게서 좌절의 가치를 빼앗아가지 않을 것인가.

참 싫어

내가 문을 잡고 기다릴 때 당연한 듯 지나가는 사람 참 싫다.
〈섹스 앤 더 시티〉인 양 수다 삼매경에 빠져 일렬횡대로 걷는 사람들 참 싫다.
내가 지갑을 여는 게 당연한 듯한 그 친구의 태도도 참 싫다.

(참 싫다.)
(참 싫다.)
(참 싫다.)

스타트라인

"지금까지 너는 어떤 에너지로 발전한 것 같아?"

누군가로부터 받은 질문이었다.

나는 어떤 에너지로 살지?
나는 무엇에 가장 동요하는 걸까?
무엇이 나를 이끄는 성장 동력일까?
나는 어떤 사람이지?

며칠을 고민해도 답하기 힘든 질문에 쿨한 답을 던지려 머리를 굴리고 또 굴렸다.

"저는… 글쎄요. 확실치는 않지만 '분노'인 것 같아요."

이게 맞는 답인지는 중요하지 않았다. 다만 지금부터 이걸 믿기만 하면 되는 것이었다. 나보다 못난 녀석이 세상을 휘젓고 다니며 존재감을 드러낼 때 나는 분명 분노했다. '내가 녀석보다 훨씬 잘할 수 있는데.' 그 시기와 오기는 곧 준비하는 자의 거름이 되어주었고 기회는 반드시 찾아왔다. 나는 자신감도 있었고 잃을 것도 없었다.

그렇게 목숨만 빼고 모든 걸 바칠 각오로 스타트라인에 섰다. 한 번의 총성이 울렸고 사람들은 달리기 시작했다. 가뿐히 한 바퀴를 돌자 저만치 누군가 쓰러져 있었다. 또 한번의 총성이 울렸다. 조금 버겁게 두 바퀴를 돌자 거대한 싱크홀에 빠져 올라오려 기를 쓰는 몇 명의 사람들이 보였다. 세번째 총성에도 나는 곧잘 살아남았다.
하지만 이내 난관에 부딪혔다. 성장할수록 발판은 피라미드처럼 좁아지고 있었고 한 발 한 발 디딜 때마다 바닥을 두드려볼 틈도 주어지지 않았다. 성공 위에서 포효하는 시간들은 'perfect(완벽)'보단 'defect(결함)'가 지배적이었다. 자존감과 눈치가 반비례 그래프를 그리는 동안 나는 사람들이 두려워졌고 분노를 섬기는 것을 잊게 되었다. 나는… 빈 껍데기와도 같았다.
뒤돌아보니 어디서부터 시작해야 할지, 어떤 것을 끄집어낼 수 있을지 보이지 않았고, 속까지 애태우던 열화는 살갗으로도 느껴지지 않았다. 생각해보니 나란 사람은 그다지 밝지도, 차갑지도, 감동적이지도 않았다. 그저 애매한 존재감을 감추고자 허공에 떠도는 거대한 에너지 하나를 명품처럼 걸치고 살고 있었던 것 같았다.

또 한번의 총성이 울린다면 나는 완주해낼 수 있을까.
어쩌면 스타트라인에 서 있을 용기가 있을지조차 모르겠다.

사이드미러

학창시절 나는 조용한 반항아였다. 제도권에 반항하려 학교를 밥 먹듯이 빠졌고, 학생들의 인격을 함부로 대하거나 공평하지 않다고 느꼈던 수업시간에는 책상에 엎드려 자는 행동으로 '당신은 필요 없다, 이 수업은 쓰레기다'라며 지도자에게 반기를 들기도 했다. 그중 국어시간이 가장 최악이었다. 내 시선에서 그는 인간에게 선악과를 쥐어준 구렁이인 양 교활하게 편애와 무시를 오갔고 수업 역시도 흥미롭지 않았다. 나는 당시 할아버지뻘인 그 선생님의 도드라진 적이었고, 그는 제도권에 맞서 싸우는 용맹한 나의 숙적이었다.

한번은 수업중에 이런 과제가 있었다. 논술 과제였던 것 같은데, 당시 내가 받아들이기로는 부조리, 즉 자신이 생각하는 '사회가 학생에게 끼치는 부정적 이슈와 그 부분을 개선할 방법'에 대해 써오는 것이었던 걸로 기억한다. 나는 이때다 싶어 그 어느 때보다도 열정적으로 숙제에 임했다. 이튿날 내가 쓴 글은 어떤 경로로 인해 반 아이들 다수에게 읽혔고 곧 그들의 호응을 얻었다.

돌아온 국어시간. 선생님께서는 아이들 한 명 한 명 호명하며 자기가 써온 글을 읽게 했다. 솔직히 나는 어떤 선동의 역할 따위에는 관심이 없었다. 다만 그것을 쓰는 동안의 통쾌함과 희열, 그리고 언젠가 그것을 읽고 있을 선생님의 반성만 있으면 내심 만족스러울 거라 믿었다. 그러나 마지막으로 발표할 사람을 찾는데 아이들이 나를 지목했다. 멋쩍었지만 미국의 독립선언문을 읽는 듯 결기를 다져 한 줄 한 줄 읽어 나갔다. 내가 그 글을 읽는 동안 선생님은 웃는 건지 화가 난 건지 미안한 건지 알 수 없는 표정을 지었다. 낭독 끝에 아이들의 환호와 박수가 터졌고, 선생님은 미소 띤 얼굴에 떨리는 목소리로 이렇게 말했다.

"내가 그랬어요?"
"네!"

이 대답은 아이들의 응원에 힘입어 나온 것뿐이었다. 사실 대답하는 동안 선생님의 반문이 내 귓가에 공명처럼 퍼져가고 있었다. 그랬다. 분명 선생님은 그랬다. 하지만 막상 거대한 구렁이라 생각하고 덤벼들었더니 애벌레 같은 게 꿈틀거리는 걸 봐버린 것이다. 실수였다. 그러나 나는 특별히 사과하지 않았고 그 역시도 나를 질책하지 않았다.

그렇게 시간이 흘러 졸업식이 다가왔다. 꽃다발을 들고 친구들과 사진도 찍으며 들떠 있던 그때.

"야, 국어 차 누가 박살냈대. 사이드미러 부수고 도망갔대."

아이들이 우르르 몰려 있던 곳 중앙에는 검정색 승용차 한 대가 계란 범벅이 되어 사이드미러를 잃은 채 서 있었다. 나는 용의자도 아니었고 그러고 싶은 마음도 없었는데, 이상하게 내가 저지른 일처럼 죄책감을 느꼈다. 뒤이어 나타난 선생님은 별일 아니라며 아이들을 돌려보냈고 나와 눈이 마주친 순간 옅은 미소를 띠어주셨다.
숨고 싶어졌다.
어리석은 내가 같잖은 정의와 옳다 믿은 생각으로 꽂은 깃발이 봉기를 일으켰고 그건 얼마 되지 않아 누군가에게 폭력으로 돌아왔다. 나는 조용히 찾아가 사죄할 용기도 없이 일을 벌인 것이었다. 지금까지 내 마음에 해결 못한 미제 사건 같은 게 몇 조각 있다면, 그중 하나는 이미 하늘나라에 계신 그 선생님에 대한 회개일 것이다.

"늦어서 죄송합니다. 잘못했습니다, 선생님."

화병

많은 이들에겐 주홍글씨처럼 감추고 싶은 상처들이 하나씩 존재한다. 나는 유독 그 부분에 폐쇄적인 사람이었다.

20대 초반에 친구네 집에서 수다를 떨며 여가시간을 보내고 있던 중 한입 베어 문 땅콩에 숨이 가빠지고 입술과 손끝이 불어난 적이 있다. 나는 땅콩 알레르기가 없는 사람이었다. 이상하다 싶어 병원 응급실을 찾았다. 이동하는 동안 내 온몸은 풍선처럼 불어나버렸다. 불어도 너무 불어 혈관을 찾을 수 없는 상황이 되자 사타구니에서 동맥혈을 뽑아 검사를 해야 했다. 그동안 나는 숨구멍이 요구르트 빨대보다도 작아져 있었고 급히 이런저런 치료를 받은 후에야 제대로 된 숨을 쉴 수 있었다.
이후 장장 2년 가까이 쌀과 김치 그리고 고기를 제외한 많은 음식에 이런 반응을 보였다. 원인은 스트레스. 한방에서는 화병. 당장에는 그럴 만한 일이 크게 없었지만, 아마도 크기가 정해진 주머니에 수위가 차올라 더이상 작은 것도 받아들일 수 없을 때 발작처럼 알레르기가 올라오는 게 아닐까 싶었다. 얼마나 기가 막힌 삶이었길래 그랬을까.

한번은 이런 일도 있었다. 한파가 기승을 부리던 겨울, 추위에 약했던 내가 민소매에 반바지가 아니고서는 푹푹 찌는 것같이 더워서 살 수가 없는 시기가 있었다. 입김이 서리고 칼바람이 피부를 갈기갈기 찢는 듯한 추위 속에서 홑겹으로 사는 게 정상은 아니지 싶어 근처 한의원을 찾았다. 의사는 맥을 짚었고 이렇게 될 만한 일들이 있었는지 내 마음을 해부해보기 시작했다. 나는 정성껏 답했지만, 의사가 만족스럽게 원인 규명을 해낼 정도의 답변은 건네지 못했다. 의사는 아무래도 화병인 것 같다며 요즘 스트레스가 많아 그런 것일 수도 있으니 되도록 신경쓰이는 상황을 피하라고 조언했다. 그러고는 내 몸 곳곳에 침을 놓았고 희한하게도 2-3일간은 정상 체온을 회복한 듯 느껴졌다. 그렇게 한동안 침과 뜸을 이용한 치료를 받았고 어느 순간부터 증상이 생기지 않아 평범한 일상으로 돌아갈 수 있었다.

두 번 다 마찬가지였다. 스트레스, 화병….
거친 파도를 뚫고 어부는 그물을 친다. 그물이 닿는 곳에 부유하던 물고기들은 건져진 순간 물 밖에서도 살아 숨 쉴 것처럼 펄떡거리며 존재감을 과시한다. 우리가 돌보는 스트레스는 딱 눈에 보이는 거기까지인 것 같다. 바위틈에 숨어 있는 것들을 잊고, 어둠 속 심해어가 몸집이 커지는 동안에도 모르고 살다, 그것들이 조금씩 움직일 때 몸에 갑작스러운 큰 파장이 인다. 더 세심하고 깊이 있게 나를 돌아보는 순간에 비로소 건강한 삶을 찾게 되지 않을까 싶다.

카카오톡

"다들 카톡하시죠?"

"사진, 카톡으로 보내드릴게요."

"단톡 확인해보셨어요?"

"너랑 그 사람 카톡방에 나 초대 좀 해줄래?"

"친구의 생일을 확인해보세요."

"다들 행복한 연휴 보내~"

"단짠단짠님이 선물을 보내셨습니다."

'카톡' 또 '카톡' 그리고 '카톡'….
어떤 공포 영화의 버스 광고처럼 한번 다운받으면 벗어날 수 없는 카톡.
이 질긴 녀석은 좀처럼 날 내버려두지 않는다.

일탈 이탈

일탈엔 여러 가지 형태가 있다. 그중 내가 아는 몇 가지를 나열해보겠다.

1. 쓰지 못한 포인트처럼 쌓인 연차를 내고 제주행 비행기 티켓을 끊어, 셀카봉을 연인 삼아 인증숏 스폿 여행을 떠나는 소설형 일탈
2. 비싸고, 사실 쓸데없어 그동안 눈으로만 찜해왔던 무언가를 충동적으로 덥석 사버리는 소비형 일탈
3. 패러글라이딩이나 스카이다이빙같이 목숨을 담보로 한 액티비티를 즐기는 스릴형 일탈
4. 만화방이나 서점 같은 곳에 앉아 책으로 주변의 시선을 가로막고는 단절을 음미하며 말을 아끼는 회피형 일탈
5. 자가용이나 집 혹은 호텔을 잡고 그 안에서 나오질 아니하는 은둔형 일탈

뭐, 일단은 이 정도가 있는 것 같다. 하지만 그 당시 내가 행했던 일탈은 여기 어디에도 해당되지 않았다.

어릴 적부터 나는 음악을 사랑했다. 가요, 팝송, 록, 뉴에이지 등등 가리지 않고 집에 있는 모든 카세트테이프를 들었다. 그러던 어느 날, 갑자기 내 귀에만 속삭이는 듯한 음악을 거리에 들려주고 싶어졌다. 사람들의 반응이 궁금하기도 했다. 나는 가족들이 집을 비우는 시간마다 대로변과 맞닿은 창가에 카세트플레이어를 올려놓고 볼륨을 최대치로 높여 터보의 〈회상〉을 재생했다. 차량만 지나갈 뿐 인적이 드문 곳이라 적극적으로 반응을 주워 담을 수는 없었지만 한두 명 올려다보거나 가끔 따라 부르기도 하는 입 모양새에 호기심과 만족도는 상승했다. 그렇게 일주일… '별이 빛나는 밤에'의 이문세가 왜 그리도 오랫동안 라디오디제이를 했는지 이해할 수 있었다. 행복했다. 하지만 그 행복은 오래가지 않았다. 이른아침. 부아가 뒤집혔는지 시끄러워서 살 수가 없다며 우리집 문을 두드리는 이웃 아주머니. "아니, 도대체 오후만 되면 이 집에서 분명 음악소리가 크게 나는데, 누가 왜 그렇게 음악을 크게 듣는 거냐"며 다짜고짜 화를 냈지만 영문을 모르는 가족들은 우리집이 아니라며, 경우 없이 뭐하는 짓이냐며 도리어 성을 냈다. 나는 그저 아무것도 모르는 양 시치미를 떼고 잔잔히 흐르는 라디오 소리를 BGM 삼아 가방을 챙기고 있었다. 어느새 내 입가엔 미소가 번졌다. 들키지 않는 아름다움이란 이루 말할 수 없었다.
물론 일련의 사건으로 이 구역의 사운드트랙은 계속되지 못했다. 주택가에 울려퍼지던 노랫소리는 누군가에게 그저 소음이었겠지만 분명 다른 누군가에겐 예상치 못한 곳에서 마주친 첫사랑과도 같은 시간이었을 것이다.

나의 일탈은 '이탈'을 지향했다. 지극히 혼자만의 것도 아니었고 바르지도 않았고 예의를 벗어나기도 했지만 적잖이 항생제 같은 녀석이었다. 습관처럼 기록하고, 공유가 낙이며, 저장 용량도 넘쳐나는 이 현실에선 예전만큼 쉬운 일이 아니지만 나는 이런 괴짜스러운 일탈이 여전히 고프다.

신호 대기중 옆 차량에서 에이스 오브 베이스(Ace of Base)의 노래가 흘러나온다. 덕분에 내 머릿속에서 어릴 적 롤러장에서의 추억이 되살아나 시간의 원을 돈다.

기분에 좌지우지되지 마라

나에게 운세를 보는 건 오락과 비슷하다.

오락실에 가면 인형 뽑기 기계들이 줄지어 있다. 일단 오백 원 동전을 넣고 뽑기를 시도하다 아니올시다 싶은 건 일찌감치 포기하고, 제법 집게의 아귀힘이 좋아 보이거나 나올 가능성이 다분히 있어 보이는 것에 미련을 둔다. 그러다 그것도 시시해지면 숨은 그림 찾기 같은 원초적인 게임들로 남은 아쉬움을 채운다.

마찬가지로 운세를 볼 때면 생년월일을 넣고, 보는 이의 견해와 노련함의 차이에 따라 걸러 들을 것과 새겨들을 것들을 정하고, 성이 안 찬다 싶으면 잡지나 신문의 별자리 또는 띠별 운세를 종합해 공통점을 찾는다. 여기서 재미있는 건 희한하게도 매번 꼭 맞아떨어져 공식처럼 나오는 무언가보다, 어쩌다 한번 툭 뱉어져 속이 까발려지는 치명적인 한마디 말을 기억한다는 것이다.

"꼭 기분이 망칩니다. 기분 때문에 손해보는 일을 조심해야 해요."

간도 아니고 담도 아니고 기분.
생각해보니 나는 참 기분에 따라 아프기도 했고 기분에 따라 돈을 잃은 적도 있으며 기분에 따라 싸우기도 많이 싸웠다. 그렇다고 갓 잡힌 고등어처럼 제 성질에 못 이겨 별 이유 없이 망가져버리는 것은 아니다. 확고하고 정당한 이유는 늘 존재했다. 하지만 결국 그 확고함의 논리가 나를 해쳐온 것 같기도 하다.

"사람들은 생각보다 예민하지 않은 것 같아."

라고 누군가가 이야기했을 때 나는 그들이 그저 잘 참고 있는 거라고 생각했다. 인내심. 나에게도 그런 건 차고 넘칠 정도로 많았으니 기승전'인내'가 진리라고 생각하긴 힘들지만, 대부분의 인내는 역시나 많은 것을 지켜준다고 생각했다. 그럼에도 불구하고 비교적 남들보다 기분 센서가 빠르게 작동하고 끓는점이 낮은 이유는 뭘까.
아토피가 있는 아이로 예를 들어보자. 아이는 참을 수 없을 만큼 가려워서 긁는다. 그러다 피가 나면 상처에 바닷물 끼

얹은 듯 따갑다가도, 곧바로 또다시 고통스런 가려움이 번져 들어 손톱에 피가 잔뜩 낄 때까지 긁는다. 아이의 부모는 그런 아이가 안쓰러워 손에 장갑을 끼우고 환부에 약을 바른다. 그럼에도 야생화같이 피어오르는 벌거디벌건 부위들은 쉽게 가라앉질 않는다. 아픈 것보다 가려움을 참는 것이 더욱 고통스러운 일이다. 하지만 겪어내야 하는 걸 알기에 아이는 받아들일 수 있는 최선을 다한다.
그때 이 아이에게서 태블릿이나 휴대폰 혹은 사소한 즐거움을 빼앗아보자. 아이는 기아에 허덕이다 가까스로 잡은 먹잇감을 가로챈 하이에나에게 화가 난 사자처럼 달려들 것이다. 아토피로 인해 일상이 참아낼 것들투성이인 아이에게 다른 인내를 요구하는 것은 폭력일지도 모른다.

내 인생 역시 이 아이의 손톱에 낀 피 때같이 참아내야 하는 고통이 틈틈이 끼워져 있는 것 같았다. 너무나 당연히 안고 가야 할 것들이었기에 짐작도 인식도 외면하고 있었던 건 아니었을까. 그러다 어느 날 잘못 비껴나간 마찰이 부싯돌처럼 확 타올라 기분 센서를 작동시킨다. 그리고 그것은 반드시 좋지 않은 에너지로 일정 기간 나를 지배한다. 그렇기 때문에 기분이 나를 망친다는 말이 금속활자로 박혔던 건 아닐까. 나의 민감군이 기분의 원자로를 짓는 동안 나는 미처 그것을 통제할 쿨링 시스템을 갖추지 못한 것이다. 생각보다 무던한 사람, 생각보다 유연한 사람, 특히 불쾌한 기분을 내보이지 않는 사람… 그런 사람이 되려면 지금이라도 나란 사람의 설계를 달리해야 하지 않을까.

신호 대기중

화장실 신호가 오면 반드시 그때 가야 한다.

초록불이 켜지면 반드시 그때 건너야 한다.

내 몸에 신호가 나타나면 반드시 그때 치료해야 한다.

인생에 사인이 들어오는 순간, 그때를 반드시 놓치지 말아야 한다.

퍼프 대디에 대한 음모론

미국의 힙합 역사를 쓴 노토리어스 비아이지(The Notorious B.I.G.), 일명 '비기'와 투팍(2Pac). 90년대 뉴욕 중심의 이스트코스트와 LA 중심의 웨스트 힙합 신을 대표하는 양대 산맥이었던 이 둘은 96년과 97년, 각각 의문의 총격을 받고 세상을 떠나게 된다. 어쩌면 이들은 두 지역 갈등의 희생양이 아니었을까 싶다.

힙합이라는 음악으로 지역의 권위와 사회적 영향력을 저울질하는 것 자체가 상당히 영화적이긴 하지만 악역을 쉽게 짚어낼 수 없는 비기의 죽음에는 뜬구름 같은 가설들이 존재한다. 뭐, 이 분야의 전문가가 아니다보니 자세히는 모르지만 '떠도는 소문에 의하면', 비기의 절친이자 동료로서 그의 곁에서 많은 수혜를 얻고 있었던 퍼프 대디(Puff Daddy)가 〈I'll be missing you〉라는 곡을 듣고 대박을 예감한 후, 그것을 독식하고자 비기를 살해하고는 그가 세상을 떠난 뒤 곡을 발표함으로써 어마어마한 부를 축적했다는 식의 루머였다.

솔직히 나 역시도 아둔하게 '가능성 있지 않나' 의심한 적이 있었던 것 같다. 하지만 이 루머는 역시나 그저 허무맹랑한 '썰'이었다. 잡음이 무성한 영화의 감칠맛을 위해 조커로 체

스판 위에 제멋대로 놓인, 원래는 없었던 패. 이 일화에서는 그것이 퍼프 대디, 안타깝게도 바로 그였다. 그렇지만 다행히 그는 무너지지 않았다. 퍼프 대디는 얼마 지나지 않아 훌륭한 프로듀서, 명석한 사업가 그리고 자상한 가장으로서 음악 역사에 굳건히 자리잡았고, 〈I'll be missing you〉는 명곡으로 남았다. 심플한 트랙과 감성적인 멜로디의 이 노래는 전 세계인들의 플레이리스트에 꼭 끼어 있을 만큼 지금까지도 사랑받고 있다.

가능성 '1'을 포함한 이야기는 가능성 '10'을 만들고 누군가의 입방아에 의해 고개가 끄떡여지는 순간 '100'이라는 확신으로 점화된다. 입에서 입을 타고 불붙은 성화가 활활 타오르는 동안 우리는 발가벗겨지고 태워져 얕은 바람에도 쉽게 흔들릴 만큼 나약해진다. 태울 것이 미약해져 재미없어진 성화는 이제 관심 없다는 듯 그제야 스스로 꺼지고 만다. 재투성이가 된 우리는 다시 일어서기 위해 두려움을 털어내는 고통을 감내해야 한다. 그리고 다시는 쉽게 무너지지 않을 자리에 오를 각오로 매 순간 최선을 다해 살아가야 한다. 그 최선이 다음 도약이 되는 순간 우리는 더 강하게 일어날 것이다. 그리고 누군가의 라이프 리스트에 꼭 끼어 언제까지고 사랑받게 될 것이다. 그 사람, 퍼프 대디처럼 말이다.

비합리적 교육

"너는 왜 쟤의 반도 못 따라가냐?"

"야, 걔는 이런 말 안 해도 자기가 알아서 잘해."

"네가 한 건 노력이 아니야. 당연한 거지."

"이게 무슨 비교야?! 네가 진짜 비교를 안 당해봐서 이러는구나!"

"비교당하기 싫음 네가 잘하던가."

주인님, 이런 교육은 개한테도 안 시킵니다.

흙터

19살 즈음이었던가. 그때의 나는 동생과 자전거를 타다 다친 오른쪽 발등으로 인해 여러모로 생활이 불편했다. 가벼운 타박상이었으나 제대로 관리를 하지 못한 탓인지, 원인 모를 피부 괴사가 진행되어 진물이 줄줄 새어나와 정말이지 말썽이었다. 결국 썩은 부위를 도려내는 수술을 해야 했고, 오른 발은 주변의 살가죽을 억지로 끌어당겨 꿰매어놓은 듯한 모양새가 됐다. 아무는 것 역시도 쉽지 않았다. 억지로 졸라매었던 가운데 실밥 사이로 살이 터져나와 애를 먹었다. 다 아물고 나니 오른쪽 발등엔 왜곡된 십자가가 보였다. 같은 시기, 주변과의 마찰로 멘탈이 좋지 않았던 나는 모두로부터 내 자신을 소외시키고 있었다. 발등과 더불어 느껴지는 모든 상처를 도려내고 싶었는지도 모르겠다.

시간은 기가 막히게 흘렀다. 그러던 어느 날 나는 그 흉터가 지겨워졌다. 그리하여 그 상처 위에 생에 처음으로 타투를 했다. 나는 일그러진 십자가에 꽃을 피웠고 메말라 갈라진 껍질을 붉게 물들였다. 꽤나 만족스러웠다. 그러자 굉장히 피곤한 일들이 일어났다.

이게 뭐냐? 안 아팠냐? 왜 했냐? 어디서 했냐? 등등 고작 발등에 시선과 관심이 제법 쏟아졌다. 그것이 못난 흉터일 때는 눈에 차지도 않았고 차마 질문할 정성도 없는 듯했으나, 상처가 아름답게 피어나 꽃이 되자 사람들은 이 아름다움 뒷면의 아픔을 건드리고 싶어했다. 대단하지도 않은 사연은 탄식을 불렀고 때론 타투 자체에 비난이 일기도 했다. 이 관심 저 관심은 결국 숨 쉬고 싶어하는 내 발등마저 은둔하게 만들었다. 다시 도려낼 것이 없었으니 숨기는 일밖에 할 수 있는 게 없었다.

상처를 기회로 펴낸 이 작은 책 역시도 아름다움을 표방한 포장지로 서술될 것이다. 그리고 곧 짧은 감탄의 시간이 주어지고 이내 파헤쳐질 것이다. 그럼에도 나는 멈추지 않고 갈 것이다. 또다시 숨어들 곳을 찾을 준비를 하면서 말이다.

식탁

"남의 것을 탐하지 마라."

우리는 늘 주어진 '내 몫'에 충실해 살아왔다. 옹기종기 모여 앉은 식탁에는 내 밥그릇과 국그릇이 있었고 학교에는 내 책상과 교과서가 있었다. 그때의 '내 것'은 필수적이었지만 단순했고 경쟁을 필요로 하지 않는, 정말로 신께서 공평히 하사하신 나의 몫이었다.
한끼 식사를 위해 남들보다 일찍 일어나 그날의 시뮬레이션을 하고, 실수와 완벽의 줄타기를 오가며, 체크에 체크를 반복하다 감성 대비 리액션이 앞선 삶을 살면서 겨우겨우 내 몫을 만들어가는 지금에 비하면 참 고상했던 한때였다. 청춘의 시작점에 주어진 내 몫이란, 도시가 빼곡히 그려진 도화지에 프레임마다 다른 색을 칠해가며 쌓아올려야 하는 공든 탑이었고 언제든 무너져버릴 수도 있는 연약한 것이었다. 그럼에도 아름다웠다.

시대의 인재들은 더 나은 식탁에 앉기 위해 타인과의 협력을 도모하고 의식을 열어 남들보다 몇 년씩 빠른 시간을 앞서가며 미래를 점쳐왔다. 그리고 그들의 노고를 보상하듯 미래는 예측대로 흘렀고 그들의 몫은 견고히 불어났다. 동시대를 살아가는 나 같은 이들은 그들이 만든 혁신 속에서 소금 친 산낙지처럼 생동적으로 꿈틀거리며 각자의 리그에서 최선을 다해 살아갔다. 정점 위에서도 마치 오를 곳이 더 있는 것처럼 필사적으로 말이다.

그러다 갑자기 의혹의 씨앗을 뿌리는 관리자가 나타났다. 그 씨앗은 커뮤니티에서 인터넷 뉴스로 흘러들어갔고 결국 기관들이 움직였다. 의문은 이러했다.

> "너의 과정은 도덕을 비틀고 남의 것을 탐하지 않았는가.
> 너의 결과는 독식의 악행을 반복하지 않았던가.
> 그리고 그 '끝없는 식탐'을 끝내고 스스로를 채찍질하여 불린 배를 갈라 구원받지 않겠는가…."

그들이 자발적으로 수저를 내려놓으려 하지 않자 재료가 공급되지 않았고 가스불도 끊겨버렸다. 그래도 효과가 없을 땐 간헐적으로 상다리가 꺾이기도 했다. 이내 우리가 먼저 무너

졌고 그들은 그 시간마저 앞질러 사라져버렸다.

자, 그럼 이제 우리가 질문할 차례다.

"그들은 우리의 적이었던가.
그들이 친 그물에서 벗어나기 위해 애쓰는 동안 우리가 얻은 것이 있었던가.
우리는 노력의 차이를 쉬이 넘겨짚진 않았는가.
어떤 말을 의심하려 들었는가.
뭉뚱그린 비난의 편이 아닌 분명한 사실의 관점에서 생각해 보았는가."

그들의 성과는 우리의 많은 것을 성장시켰고, 그들의 체념은 우리의 많은 것을 앗아가버릴 것이다. 바로 지금처럼 말이다.

생일

어느새 밤이 깊었다. 곧 있으면 생일이다. 나쁘진 않지만 이상하게 신경쓰이고 눈치보이는 불편한 날이다. 선명히 좋은 기억보다 그냥 흘러가버린 기억이 더 많기에 그리 특별하게 자리잡지 못한 날인 것 같다.

역시나 그 밤, 딱히 기다리는 사람도 없었고 기대하는 이벤트 또한 없었다. '나의 탄생일'이라는 것을 의식한 순간부터 그저 조용히, 있는 듯이 없는 듯이 흐르는 날이기를 바랐다. 하지만 한편으로 너무 새까맣게 잊히지는 않길 바라기도 한 날이었다.

나는 침대에 모로 누워 이런저런 세상을 들여다보고 있었다. 대한민국을 넘어 전 세계의 '지금 상태'를 슈퍼싱글 사이즈의 양탄자 위에서 내려다보는 건 적적하지만 따뜻하고 안심이 된다.

"○○○님의 생일을 축하합니다."

자정이 되자 네이버와 카톡으로부터 가장 먼저 생일 축하를 받았다. …… 갑자기 쓸쓸해졌다.

그런 날

그런 날이 있습니다.
당장에 결과물이 있어야 할 듯 어깨가 무거운데 아무것도 하지 못하는 날.
목 빼고 기다리는 아기 새들 앞에서 게워내는 시늉이라도 해야 하는데 신물도 안 올라오는 날.
그냥 아무것도 안 되는 날.

그런 날이 있습니다.
배는 고픈데 먹고 싶은 건 없고 먹기 싫은 건 많고,
바람 쐬고 싶은데 가고 싶은 곳은 없고 가기 싫은 곳만 보이고,
딱히 하고 싶은 것도 없는데 아무것도 안 하는 건 더 싫은 날.
그냥 아무것도 마음에 들지 않는 날.

그런 날이 있습니다.
잡혀 있는 약속이 제삿날인 양 끔찍하게 움직이기 싫지만 선택권이 없는 날.
부재중 전화 10통, 읽지 않은 문자 40개, 확인 안 한 카톡

100개, 메일 999건…

그냥 아무것도 하고 싶지 않은 날.

그냥 아무 존재도 아니었으면 하는 날.

그런 날이 있습니다.

나는

나는 너를 싫어하는 것 같아요.

나는 너를 미워하나봐요.

그래서 나는 네가 외로워 보여요.

그렇기 때문에 나는 너를 내버려둘 수가 없어요.

그렇지만 뭘 해줘야 좋을지 모르겠어요.

나는 네가 뭘 해주면 좋아하는지 하나도 몰라요.

나는 매일 너를 위한 고민을 하지만 아는 게 별로 없네요.

가게에 들러 이거저거 둘러보고,

카페에 앉아 메뉴를 훑어보고,

배달앱을 켜고 먹음직한 음식들을 밀쳐내듯 스크롤을 바삐 올려도 뭐를 원하는지 알 수가 없어요.

제대로 해줄 수 있는 게 없어요.

기쁘게 해줄 수 있는 게 없어요.

애쓰는 게 잘 맞지 않는 사람이라 그만 피곤함에 손을 놓아 버리네요.

결국 또 이렇게밖에 안 되네요.

그래서 오늘은 좀 슬퍼요.

나는 오늘도 너를 싫어하는데 어제보다 더 생각하고 있어요.

나는 오늘도 내버려두지 못하겠다고 마음먹고 제대로 다가
가지도 않고 있네요.
나는 오늘도 너를 봤는데 못 본 척하고 있군요.
내일은 네가 있을까요?
내일도 너와 내가 있을까요?
아는 게 너무 없네요, 나는.

'제발'

그럴 때가 있다.
지하철을 타고, 길을 걷고, 또 버스를 탈 때 머릿속에 갑자기 떠오르는 어떤 노래가 있다. 그러다 문득 화장품가게에서 들리는 그 노래, 지나가는 차에서 들리는 그 노래, 버스 안 라디오에서 들리는 그 노래를 우연히 맞닥뜨렸을 때, 참 타이밍 한번 기막힌 운명 같은 그 느낌이란… 꼭 한번은 겪어본 사람들이 있을 것이라고 생각한다.

그래, 그랬다.
응, 그렇게 생각했다.

어느 날 TV를 보다가 '이소라의 프로포즈'라는 프로그램에서 이소라의 〈제발〉을 들었던 기억이 있다. 그날 그녀는 그 노래를 시작하고는 몇 번이나 멈추었다. 북받쳐오르는 감정에 더이상 이어나갈 수 없는 듯했다. 그녀의 마음을 읽을 수는 없었지만 이상하게 무언가 느껴지는 것 같았다.

"괜찮아요. 할 수 있어요."

내 마음이 그녀를 다독이고 있었고 그 바람이 통했는지 그녀는 꾹꾹 눌러 담은 감정 한 톨 한 톨을 참 아련하게 들려주는 그런 무대를 선물했다. 내게 그 5분은 그리도 강했고 "잊지 못해. 너를. 있잖아"로 시작하던 그날의 멜로디는 지금도 잊히지 않는다.

그후 그 노래는 마치 내게 '이 노래를 들으면 너는 눈물이 날 거야' 같은 최면을 걸어왔고, 거리에서 마주한 기막힌 타이밍 속에서도 어김없이 '슬퍼도 돼'라고 속삭이는 듯했다. 그러고는 힘겨웠지만 아름답게 끝을 맺은 그녀의 무대처럼 나를 위안했다.

"괜찮아. 다시 일어설 수 있어."

소멸 예정 포인트

얼마 전 갑자기 뜬 문자.

"○○○ 고객님의 소멸 예정 포인트 안내입니다. 유효기간 내에 이용해주시기 바랍니다."

마치 길 가다 돈이라도 주운 듯 들뜬 기분으로 부랴부랴 로그인을 시도하고 고생 끝에 얼마 되지 않는 포인트를 확인한다.
굳이 자잘한 포인트를 사용하려 내 돈을 소비해야 하는 새싹 같은 포인트는 과감히 제친다.
그냥 우연히 찾은 포인트니까, 특별히 손해볼 건 없으니까!
사람들은 무언가를 포기해야 할 때 합리적인 타당성을 요구한다. 대부분 이해관계나 평가가 그 부분을 서포트한다. 그러고는 수치 미달인 경우 과감히 그 싹을 잘라낸다.
사람을 포기하는 일 역시도 생각보다 심플하게 결정되는 것 같다. 소멸 예정 관계인 것처럼 말이다.

내 옆에 있어줘

우리는 오랜 기간 사회에 속하면서 작은 돌과 큰 돌들을 밟고 지나간다. 그것이 학교나 회사든, 우정이나 전우애로 맺어진 사람 간의 관계든 뭐든지 간에, 그 크기가 작든 크든 늘 발 딛고 서 있는 '자리'가 있다. 기본적으로 타고난 매력이 돋보이거나 사교성이 남다르거나, 혹은 능력과 운이 좋으면 작은 돌 위든 큰 돌 위든 오래 머무를 수 있게 되지만 그렇지 않으면 계속해서 안착을 위한 종종걸음을 해야 한다.
그렇게 아슬아슬한 줄을 갈아타다보면 상실감과 성취감이 교차하고, 가끔은 이게 다 무슨 소용인가 싶을 정도의 허무함도 따라붙는다. 그러나 보장된 미래도, 다 내려놓을 자신도 없기에 그 자리에 정착하려 스스로를 다잡는다. 용기 있게 한번 꺾어 방향을 틀지 못하는 건 '아마도 이게 최선일 거야'라는 생각이 매 순간 협상 테이블에 올라오기 때문일 것이다.

그는 안심을 안정감이라고 착각하고 있었다. 안정감은 치열하게 나아가는 쟁취의 현실이다. 변화가 필요하고 그렇게 진화해야만 지속적으로 안정감을 느낄 수 있을 것이다. 그가 바라는 것은 안심, 그저 바람 한 점 없이 정체된 상태일 뿐.
그러던 어느 날 그의 기대와는 다르게 세월의 빠른 변화와 크고 작은 풍파가 견디기 힘들어진 돌에 금이 가더니 금세 갈라져버렸다. 판단이 빠르고 약은 이들은 뿔뿔이 흩어져 다시금 제 위치를 다져갔으나 어느 쪽으로 뛰어야 할지 몰라 마냥 고민만 하던 누군가는 애매하게 표류하고 말았다.
처음엔 어디든 속할 수 있을 것 같아 여기저기 손을 뻗어보았지만 무엇도 생각보다 쉽게 잡히지 않았고 반복된 좌절감에 그는 포기하고 싶어졌다. 그때였다.

"내 옆에 있어줘."

어딘가에서 들려온 예상치도 못한 구원의 목소리. 아, 이 얼마나 달콤하고 감격스러운가. 왈칵 눈물이 쏟아질 것만 같았다. 그 한줄기 빛과 같은 여섯 글자가 방향을 일러주는 듯했고, 그는 그 길을 향해 다시금 발걸음을 옮겼다. 하지만 이전과는 달랐다. 한 발짝 떼는 게 겁이 나 그토록 무겁고 둔탁하던 순간이 바스라지듯 사념 없이 가볍고 상쾌했다.

그가 마음과는 달리 억지로 밝게 웃으며 서 있으려던 자리는 쉽게 그를 버렸다. 아마도 그가 나태함을 동정하고 진심을 마음에 담지 않아 벌받은 모양이다. 그렇지만 지금은 다르다. 진실로 나를 받아들여주는 자리에 반가운 마음으로 다가가는 것, 그것이 얼마간이 되든 상관없이 자연스럽게 살아가게 될 것이다.

떨어져나갈 게 두려워 애쓰던 허울이 아닌 진짜 그 자신으로서 말이다.

그는 이제 매일 아침이 밝아오는 게 이토록 즐거울 수가 없다.

수수부꾸미

삼남매인 우리는 젖 먹던 시절부터 초등학교 저학년까지 외할머니 품 안에서 자랐다. 할머니는 항상 사랑이 넘치는 안식처였고 늘 여기저기 치이기만 하는 나의 유일한 편이었다. 무엇보다 할머니는 이북 출신으로 손맛이 정말 좋으셨다.

할머니는 아침마다 커피 한잔을 즐기셨는데 커피 하나, 설탕 둘, 프림 둘, 이렇게 조제해 드셨다. 그 곁에 서서 감 떨어져라 바라보는 나를 위해 할머니는 프림 하나, 설탕 둘을 타서 주셨다. 꿀맛이었다. 나는 할머니의 모닝커피 메이트였고 프림을 축내는 귀신이었다.

또한 나는 할머니의 오른팔이자 훌륭한 심부름꾼이었다. 할머니가 시장을 나설 때엔 늘 나와 함께였고, 시장 한편에서 건포도를 집어먹던 나를 향해 가게 주인이 무어라 쏘아붙이기라도 하면 무서운 살쾡이로 돌변해 보란 듯이 한 봉지를 사다 내 손에 들려주시곤 했다. "콩나물 천 원어치만 사와라" 라고 하시면 몰래 이백 원씩 내 몫을 챙기고 팔백 원어치를 사오는 줄도 다 알고 계시면서 그 심부름만큼은 나에게 배당하셨다.

어느 날 할머니는 이른아침부터 팥을 삶고 계셨다. 은빛 압

력밥솥의 뚜껑을 열자 김이 모락모락 나는 솥 안에 싱그럽게 잘 삶아진 팥알들이 있었다. 할머니는 붉은기가 도는 까만 팥에 하얀 설탕을 들이붓고 주걱으로 잘 섞어 반짝반짝 윤기 나는 앙금을 만드셨다. 성격 급한 나는 할머니를 졸라 불같이 뜨거운 팥 한 스푼을 들고 한 알 한 알 조심스레 맛보았다. 황홀함 그 자체였다. 수수부꾸미를 만든다 하셨다. 수수부꾸미… 생소했지만 시작이 참 좋았다.

프라이팬을 올리고 기름을 두른 후, 묽은 찹쌀 수숫가루 반죽을 한 국자 떠서 올리자 맛깔스런 소리를 내며 발작을 일으키던 반죽이 모양새를 잡는다. 그 위에 팥 앙금을 넣고 반절로 접는다. 그리고 빈대떡처럼 뒤집는다. 그 과정을 여러 번 거치며 쟁반 위에 수수부꾸미들이 한 김 식혀지고 있었다.

맛보아도 된다는 신호에 나는 덥석 한 놈을 붙잡고 베어 물었다. 까무잡잡하게 튀긴 떡의 겉면은 크렘브륄레 위 설탕처럼 바삭했고, 찹쌀떡보다 찰지게 늘어났으며, 밍밍한 듯 짭조름한 떡과 달콤한 앙금의 조화로움은 상상 이상이었다. 더 먹고 싶었지만 어린놈이 기특하게도 어디서 의리를 배웠는지 할머니를 기다리기로 했다. 할머니는 주방 정리를 마치고 커피 한잔과 프림 한잔을 타오셨다. 할머니의 시그니처 메뉴인 프림차와 수수부꾸미…. 몇 년이 흘러도 그리움의 향기가 남아 있다.

인기

급한 일이 있어 애견호텔에 강아지를 보냈다. 하룻밤이 지나고 아이를 데리러가서 선생님께 여쭤보았다.

"다른 아이들과 잘 지냈나요?"

"네, 아이가 성격이 좋아서 인기가 많아요."

"아, 인기가 많아요…?!"

"네, 착해요."

강아지는 성격이 좋으면 인기가 많은데, 왜 사람은 성격이 좋으면 못 잡아먹어서 안달일까….

넥스트

스무 살의 봄은 그다지 아름답지 않았다. 완벽한 혼자가 되었고 실패까지 덤으로 안았다. 쉬는 시간만 목 빠지게 기다리던 학창시절은 가고, 무한 리필된 타임루프 안에서 무얼 해야 할지 어딜 가야 할지 막막한 청춘이 시작되었다.
그렇게 거리를 헤매고 인파 속을 헤매고 저장된 연락처를 헤매다 지쳐 주저앉았다. 말을 하지 않는 것보다 들을 말이 없는 게 더 힘든 것 같았다.

이어폰을 꽂고 낡은 CD플레이어를 돌렸다.
원래 신해철 목소리가 신부님의 음성과도 같았었나. 저음으로 저미는 그 노래가 스무 살의 나를 일으켜주었다. 〈일상으로의 초대〉… 갈피를 잡지 못해 그냥 막무가내로 슬펐던 내 청춘의 시작에 어떤 세상이 더는 혼자가 아니라며 손을 내밀어준 것만 같았던 그 노래.

그날, 나는 울었다. 그리고… 그는… 기억에서 영원해졌다.

산책을 하고 차를 마시고

책을 보고 생각에 잠길 때,

요즘엔 뭔가 텅 빈 것 같아.

지금의 난
누군가 필요한 것 같아.

작용과 반작용

(Action & Reaction)

생각과 물질 그리고 에너지의 순환.

불안정과 안정이 교차되는 상태 변형.

긍정이든 부정이든 불러오는 것들의 파장이 일으키는 풍선 효과.

말과 행동에 끌려오는 '다음의 것'에 대한 확신.

만물이 진화하는 시작의 힘.

그리고 반드시 존재하는 무시무시한 존재감.

원인과 결과(Cause & Effect).

Please answer me

부르시는 겁니까.

흔드시는 겁니까.

아니면 협박하시려는 겁니까.

보여주시려는 겁니까.

지켜내지 못할 것 같습니까.

이뤄내지 못할 것 같습니까.

감히 이기려들 것 같습니까.

그리 강해 보이십니까.

그리 무심해 보이십니까.

지금이야말로 비로소 죽음보다 더한 고난을 얹어도 될 만큼

괜찮아 보이십니까.

아끼시기 때문에 난간에 세우시려는 겁니까.

어느 품으로 들이시려는 겁니까.

세상에 던져놓으시려 합니까,

아니면 당신이 맞이하시려 합니까.

사랑하기 때문에 바라보라 이러십니까.

간절함이 식어 이러십니까.

그러기에… 그렇기에… 그러니까…

이제 제가 어떻게 하면 됩니까.

어떻게 하면 됩니까.

아버지.

재미없는 사람

나는 사실 꽤 진지하다. 그리고 생각보다 머리가 좋다.
분위기 파악도 어려운 일이 아니다. 어떤 공기가 흐르는지 오감으로 느껴진다. 쉽게 이해하고 공감하는 능력이 있는 것 같다. 대부분의 상황은 조금만 지켜보면 질문하지 않아도 파악하는 게 가능하다.
주변에 아는 사람이 제법 많다. 잘 둘러보며 살아온 흔적이라 생각한다. 나를 좋아하거나 인상적으로 여기는 사람 또한 제법 있는 것 같다. 존재감이 그리 나쁘지만도 않지 않은가.
이 정도면 재미없는 사람이지만 가치 있는 시간들로 채우고 사는 듯싶은데…
혼자서는 아마 많은 것들을 몰랐을 테지.
혼자서는 살 수 없는 세상이라는 게 이런 것도 포함하려나.
이렇게 한 장면 한 장면 채워지는 삶의 필모그래피.
그냥 사라질 리가 없다.
그래서 오늘도 문밖을 나서는 게 마냥 싫지만은 않다.

강박적인 그 남자의 퇴근길

횡단보도에 선다. 정면을 바라본다. 아스팔트 라인 밖으로 빼곡히 차 있는 사람들이 보인다. 파란불이 켜지기 전까지 머릿속이 시끄럽다.
오감이 예열을 한다. 다가오는 인파를 피해야 한다. 되도록 스치지 않아야 한다. 쓸모를 잃은 낙엽처럼 공허하게 또는 기척을 지우듯이 투명하게 사람들을 벗어난다.

'휴 다행이다.'

이런, 제대로 완주해낸 듯한 기분을 느끼는 게 더 쓸데없이 느껴진다.

지하철 문이 열리고 체기를 뱉어내듯 열차 옆구리에서 사람들이 마구 쏟아져나온다. 이물질이라도 닿을 듯이 몸을 사린다. 그러고는 최대한 날렵하게 안전한 장소로 비집고 들어선다.
굳이 에스컬레이터를 두고 피곤할 만큼 빼곡히 올라선 계단 쪽을 향한다. 왼쪽 에스컬레이터엔 여유 있어 보이는 무리가 오른쪽 계단에는 스스로 튕겨나온 조바심덩어리 하나가 걷고 있다.

까다롭고 결벽적인 그가 원하는 안정감은 불편과 고독을 달고 나온다. 무리 지어 가는 털털한 저들이 꽤나 부럽다는 듯이 쳐다본다. 그렇게 사는 게 그다지 어려운 일이 아닌 걸 알면서도….

6:00 a.m. Fri.

이 불청객스럽게 밝아온 아침.

대부분 멈춰 있는 시간이거나 까맣게 그을린 밤의 끝을 내려놓는 정돈의 시작일 터, 같은 세상 속에 나는 아직 잠들어 있는 집을 나와 그저 앞만 바라보며 걷고 있다.

이 어슴푸레한 새벽녘 아침은 마치 낮밤이 꼬여 소속을 잘못 찾아온 겨울 저녁과 닮아 있다.

으슬으슬한 쌀쌀함에 청량감이 느껴진다.

눈은 침침하고, 잠을 덜 잔 것인지 팔다리가 가볍진 않지만 아이러니하게도 이 시간이 무척 살아 있음을 느끼게 한다.

데카르트의 물음표

나는 공부를 못했다. 머리가 못한 건지 흥미가 못한 건지는 알 수 없으나 결국엔 못했다. 다행히도 말귀는 꽤 알아듣는 편이라 누군가의 말, 혹은 그 어떤 것에 대해서 일단 한번 궁금해하기 시작하면 초인적인 집중력을 발휘해 이해하려 노력한다. 짧은 시간 아주 깊게.

나는 좀 느리다. 일상이라는 시간 앞에서 한없이 관대하다. 비록 패턴이 반복된다 할지라도 그다지 서두름이 없다. 그저 미션 클리어하듯 할일을 흘려보내고선 게으름을 자처한다.

또한 나는 나에겐 느리고 상대방에겐 빠르다. 내가 누군가를 위해 움직일 때도, 타인이 공동을 위해 움직여야 할 때도 완벽한 성급함을 요구한다. 동시에 나를 위한 것이나 데드라인이 정해져 있지 않은 일들에 대해서는 앞서 말했듯이 매우 느린 편이다.

다만 나는 책임감이 강하다. 맡은 일을 그르치거나 지체하는 건 용납할 수 없다. 부끄럽고 한심하다.

나는 집념이 강하고 동시에 포기가 빠르다.
나는 말하고 싶지 않지만 말을 해야 할 것 같아 망설이다 얕은 후회를 할 때가 종종 있다.
나는 마음의 반경 1미터 이내의 사람들에겐 독하고 그것을 벗어나면 비교적 온순하다.
그러나 때론 내 영역이 아닐지라도 그곳에 침을 뱉은 자는 혀를 뽑아버리고 싶기도 하다.

나는 모순덩어리고 뭐가 뭔지 하나도 모르겠다.
나는 나를 싫어하는 건지 아끼고 싶은 건지도 잘 모르겠다.

뭐냐 난.

Knock Knock

나는 공포, 스릴러, 잔인한 영화나 드라마를 보는 일에 자신이 없다. 보고 나면 며칠을 넘어 몇 달간, 길게는 지금까지도 잔상이 지워지지 않기 때문이다. 그 잔상에 지배당하는 것까지는 아니지만 상당히 불편한 의식 따위를 하게 된다. 예를 들면 설거지할 때 싱크대 아래에서 내 발목을 덥석 잡을 것 같은 창백한 손이 두려워 매우 불편해 보이는 자세로 서 있는다거나, 샤워하면서 머리를 감을 때 내 머리카락이 아닌 천장에서 내려온 누군가의 머리카락까지 함께 감고 있을 상상에 눈을 감지 못하고 벌겋게 충혈된 채로 샤워를 마친다거나, 보름달이 뜬 날이면 산제물이 될 것 같은 불안감에 걸음을 재촉한다던가, 아주 유치하게는 밥알이 구더기처럼 보이는 상황까지…. 언젠가 봤을 법한 끔찍한 영상 속 장면들이 여전히 머릿속을 부유하고 있다.

사실 그중 최악은 '노크'다. 선명한 시각이 아닌 단순한 청각. 끼익끼긱거리는 쇳소리나 찢어질 듯한 비명도 아닌 그저 단순한 노크 소리. 불안과 불청객 그리고 죽음의 프롤로그와도 같은 공포의 'KNOCK KNOCK'… 이 소리는 경기를 일으킬 만한 소리가 아님에도 불구하고 여러 번 움찔움찔했던 기억이 있다.
내가 본 것, 아는 것, 기억하는 것을 토대로 만들어내는 두려움엔 한계가 있다. 고로 어쩌면 대응도 가능하다 본다. 어쩌면. 하지만 미지의 무언가, 상상만으로는 가늠할 수 없는 아주 작은 조각 하나가 오감을 미치게 만드는 건 도무지 어떤 것이 기다리고 있을지, 어디로 튈지, 언제 그것이 일어나게 될지 예측할 수 있는 바가 전혀 없거나 너무 광범위하기 때문이지 않을까.

다시 누군가 노크를 한다.
차분한 건지 급한 건지 상냥한 건지 손톱을 세우고 있는 건지 알 수 없는 소리다. 아무 일도 혹은 별일도 아닌 것에 지레 겁먹고 문을 열어보지 않았던 미래가 몇이나 있었을까. 그중 잘도 피해왔던 칼날과 아쉽게도 마주하지 못했던 포옹이 얼마나 있었을까.

나는 공포, 스릴러, 잔인한 장면들에 자신이 없다.

센놈

초등학교 5학년. 방학이 끝나고 오랜만에 돌아간 학교. 그곳에 그 녀석이 있었다. 학교에서 가장 말끔하고 가장 싸움을 잘하며 가장 인기가 많지만, 눈 한번 잘못 마주치거나 신경 거슬리게 복도에서 길을 막거나 실수로라도 절대 부딪혀서는 안 되는 맹수의 왕자. 뭐 그 당시 그 녀석에 대한 풍문은 그러했던 것 같다. 어딘가 위험하달까… 그럼에도 주변에 아이들이 그득그득한 인기 있는 녀석이었다.

잘생기고 싸움 잘하기로서는 나도 뒤처지지 않는 입장이긴 하지만 태생에서 풍겨나오는 세련된 외향은 따라갈 수가 없었던 것 같다. 희고 매끄러운 피부에 조합이 좋은 이목구비, 린스를 한 것같이 찰랑거리는 예쁜 머릿결, 새파란 청바지 위에 빨간색과 파란색, 흰색이 어우러진 펩시 광고에서 튀어나온 듯한 재킷을 걸치고, 친구들에게 둘러싸여 창가에 서 있는 자태만으로도 이미 그는 뺀질뺀질한 잘난 놈의 아우라를 풍기고 있었다.

반면에 나는 햇볕에 그을려 까무잡잡한 피부에 지나치게 또렷한 이목구비, 군데군데 마른버짐이 피어 막 던져진 듯한 얼굴, 샴푸를 해도 부스스하게 뻗힌 저주받은 반곱슬머리, 매일 똑같은 하늘색 체육복에 꾀죄죄한 실내화 차림이었다. 그 조합이 나의 이국적으로 잘생긴 외모를 찍어 누르는 느낌이 들었다. 더군다나 그때의 나는 톰보이 기질이 너무 강한 나머지 귀여운 여자아이보다는 카리스마 있는 골목대장의 포지션이 훨씬 멋있다고 생각했다. 야성으로 빚어진 시라소니 같은 강한 사람! 그래서일까, 짐승 같은 촉이 발달된 이유 역시….

다시 원점으로 돌아가 방학의 끝. 화장실을 갔다가 돌아오는 복도에서 그 녀석의 무리를 발견했다. 내가 속한 반으로 돌아가기 위해서는 저들을 지나쳐가야만 했다.

순간 멈칫했다. 쉬이 발걸음이 떨어지지 않았다. 그냥 스치기만 하면 될 일을… 마주치고 싶지 않았다. 그 녀석의 반은 화장실을 오가는 T자형 복도를 중심으로 우리 반과 반대편에 있었기에 크게 맞닥트릴 일은 없었다. 그런데 하필 녀석과 마주하게 된 그 타이밍에 이상하리만큼 지나가는 아이들도 없었고 그 녀석의 친구들 또한 인사를 주고받고는 후다닥 교실로 들어갔다. 그 녀석 혼자 저만치에서 터덜터덜 걸어오는데, 녀석과 일행들의 모습을 보고 잠시 멈칫한 것이 화근이 되어버린 순간이었다. 좀 있으면 종이 울릴 텐데, 그전엔 돌아가야 하는데, 주저할 시간이 없었다. 복도 끄트머리 벽에 붙는 듯 마는 듯 살얼음 상태로 걸음을 재촉했다. 그런데 참 이상하게도 녀석이 물끄러미 쳐다보는 시선이 느껴졌다.

왜 쳐다보지?! 시비일까.

"야, 너…"

뭐지?!

"아 XX…."

나를 부르는 건가 싶어 녀석을 스치는 순간 나도 모르게 입에서 새어나온 걸쭉한 욕 한마디가 그 녀석을 자극해버리고 말았다. 하지만 녀석의 반응은 단순했다.

"와, 욕 잘하네~ 헤헤."

창피하고 숨이 막혀 죽을 것 같았다. 공격성 없이 지나가는 고양이 앞에서 허공에 어퍼컷을 날리는 쥐새끼가 된 느낌이었다. 아차 싶게 눈이 마주쳤고 웃기는 놈이라는 듯 피식거리던 그 녀석과 얼굴이 터질 것같이 수치스러운 내가 보였다. 나는 후다닥 도망치듯 잰걸음으로 그 자리를 벗어났다.

그리고 1년 뒤. 나는 무사히 졸업을 했다. 이후 졸업앨범을 펴고 내 얼굴을 까만 펜으로 감추어버렸다. 아… 마음에 들지 않았다. 웃지 않는 척하는 얼굴도 웃는 척하는 얼굴도 그저 못나 보였다. 동그란 바늘구멍으로 보풀이 이는 실이 꿰어지고, 그것으로 꿰맨 자국을 보고 있자니 이건 개성이 아닌 그저 결핍이란 사실을 깨달았다.
홍콩 영화를 즐겨보고 무림의 아이들처럼 강해지고 싶어하는 작은 동네의 시라소니. 여자아이들 특유의 소녀다움을 손사래 치며 거부하고 톰보이라는 명찰을 학생회장 배지라도 되는 것처럼 든든하게 여기던 아주 작은 소녀.

아니야, 아니다.

사실은 순정만화를 즐겨보고 디즈니 프린세스가 되고 싶었던 보통의 소녀. 취향을 감추고 살던 귀여운 거짓말쟁이.

문득 나 자신에게 애처로운 마음이 들었다.

그 겨울

지하철 스크린도어 한 귀퉁이에 붙여놓은 시를 읽었다. 무언가가 가득찼을 때를 상기하며 계절에 빗대어 추억하는 내용의 시였다. 어렵게 돌아갈 것 없이 그 계절, 연상되는 것 그대로를 떠올려본다.

파릇파릇한 파스텔 톤으로 세상을 감싸 도는 따스한 봄 지나,
모든 것이 쨍하니 선명하고 일렁임조차 새파란 여름 지나,
색색으로 만연했던 것들이 장아찌처럼 잘 묵어 포근한 색감의 가을 지나,
도착하는 무채색의 겨울.

겨울은 색을 앗아가는, 혹은 비워진 계절.
하얀 눈이 쌓이고 불투명한 고드름이 얼고 고동색에 가까운 나뭇가지들이 난을 칠 때 사람들은 겨울을 허전하게 여긴다.
하지만 난 비워진 것들이 좋다.
그저 한자리 차지하기 위해 역할도 없이 쌓인 물건들을 버리고 차곡차곡 잘 정리해 비워진 공간. 해야 할 일보다 이거

라도 할까, 혹은 하면 좋겠다 싶은 일들을 과감히 제치고 의무감만 걸러낸 적당히 비워진 시간. 메세지, 카톡, SNS, 메일 등 '나'와 연결된 것들에서 망설임을 삭제하고 정제된 관계. 꽃가루가 이목구비를 괴롭히고, 더위가 숨통을 틀어막고, 존재감 없이 짧은 추락 끝에 썰렁하게 비워진 계절. 그 겨울.
이 모든 것들이 가히 희망적이다. 시야가 트이고 게으를 여유가 생기고 불필요한 말이 일상을 훼손하지 않고 비워진, 감춰진, 밀폐된 겨울이 굉장히 매력적이다.

그래서일까, 종종 가득 채워지는 것에 대해 거부감을 느낄 때가 있다. 외형이든 내면이든 자신의 부분을 드러내는 것 역시도 거리낄 때가 있다. 채움과 비움이 영역다툼을 할 때마다 외로움이 살랑거리지만 참을 만하다.
그래서일까, 또다시 그 겨울을 지나 한 겹 한 겹 옷차림이 가벼워질 때마다 지레 아쉬움이 스민다.

뭉텅이

남자든 여자든 동일한 성별로 4명 이상 모여 있는 자리. 쓸데없이 과감해지고 사소한 것에도 용기가 솟아나며 교양과 예의를 차선으로 접어두는 자리. 그 무식함에 탄식마저 삼켜지는 자리.

하필 그게 지금 내 옆자리라니….

나를 포함해 그들에게 보이는 모든 것들은
그들의 둔탁한 어금니에 씹히기 좋은 오징어가 된다.
젠장.

지옥으로부터의 편지

얼마 전 그들로부터 편지가 도착했다. 내용은 그리 길지 않았다. 날짜와 시간 그리고 장소에 덧붙여 '고인께서 가는 길이 외롭지 않게 함께해주시길 바랍니다'라는 문구가 적혀 있었다. 그리 놀랍진 않았다. 뭐 흔히 말해 살 만큼 산 인생이지 않은가 싶기도 했고, 이제야 결국 홀가분해진 건가 싶기도 했다.

그저 애도라는 한 가지 주문만 받는 오픈 식당이 신속히 끝나주길 바라며 주섬주섬 옷가지를 챙겨 입었다. 술은 마시지 않으니 굳이 운전을 마다할 이유야 없었지만 왠지 모르게 그날은 운전대가 손에 잡히지 않아 대중교통을 탔다. 좌우로 살랑거리며 달리는 지하철 안. 멍하니 생각할 수 있는 그 시간이 참 달콤했다. 간혹 차창에 비친 내 모습에 이질감을 느낄 때가 있는데, 그날 역시 그러했다. 유리창을 등지고 서서 문이 열릴 때마다 자동으로 한쪽 어깨가 끌어당겨지듯이 몸 비틀기를 몇 차례 거듭하니 목적지에 다다랐다.

계단을 오르고 또 오르자 9월의 햇살이 땅 끝을 찌르고 있었다. 제법 선선해질 만도 한데 더위가 채 가시지 않은 탓인지

눈앞이 너무 화사해 미간이 찌푸려졌다. 다시 시야를 정돈하고 목적지를 향해 걸었다.
평일임에도 잘 차려입은 젊은 커플들이 즐비해 있었다. 저마다 다른 표정을 짓고 있지만 설레고 들뜬 얼굴들이다. 예뻐 보이기 위해 새침함을 걸치고 멋짐을 극대화시키기 위해 도도한 자태로 걷고 있는 그들이 조금은 부러웠다. 어떤 자극으로든 살아 있음을 증명하기 위해 팔딱거리는 것이 아닌, 영원할 것 같은 시간을 유유히 헤엄치는 듯 겁 없는 생동감에 눈이 부시기도 했다.

그렇게 걷다보니 도착한 장례식장에는 제법 사람이 많은 게, 이 시기가 고된 시기이긴 한 것 같았다. 계절이 바뀌는 순간, 특히나 봄의 시작과 가을의 문턱이 유독 그러하지 않았던가. 상냥함은 온데간데없이 쌀쌀맞은 계절이다.
편지에 고지된 장소로 향하는 길에 복도에 주저앉아 울고 있는 여인을 보았다. 기댈 곳이 없어 바닥에 축 처져 있던 그 여인은 한숨과도 같은 깊은 숨만 내쉬며 알 수 없는 표정으로 마냥 눈물을 흘려보냈다. 누굴 보낸 것일까, 잠시 호기심이 일다가도 뭐 이런 장소의 흔한 풍경 중 하나라고 생각하며 나는 그 여인을 못 본 척 지나쳤다.

곧바로 사람들의 웅성거림이 들려왔다. 식당 안은 조문객들의 머릿수에 맞춰 음식을 퍼 나르느라 분주해 보였다. 역시나 입으로 들어가는 게 많을수록 뱉어지는 것도 비례하는 것인가. 들어가는 국과 고기가, 떡과 술이 위장에서 뒤섞여 정체 모를 화제들로 둔갑하여 그들의 입에 오르락내리락거리고 있었다. 아주 소수의 사람들은 슬픔에 그을리기라도 한 듯 울다 지쳐서 엉망이 되어 있었지만 대부분은 서로에 대한 그다지 궁금하지 않았던 안부, 고인에 대한 시답잖은 기억, 유산에 대한 걱정 등을 주고받으며 참석의 의의를 찾고 있었다.

그 길을 지나 드디어 상주와 마주했다. 고인과 상주, 이들 중 누가 덕을 잘 쌓은 것인지 꽃을 올리려는 조문객들이 계속 이어지는 듯했다. 힘없이 시든 풀떼기인 양 서서 고개를 푹 숙이고 발끝만 바라보던 그가 조문객들을 향해 인사하는 모습이 내심 짠했다. 이렇게 맥없이 얼마나 많은 사람과 마주했을까 싶어 그의 노곤함이 안쓰러웠다.
이 땅의 장례 문화는 참 마냥 슬퍼할 틈도 주지 않는 매정한 의식이다. 이런 게 거북해 장례식에 오는 일을 꺼려했다. 하지만 이번은 피할 수가 없었다. 하필 이때 가족 모두가 자리를 비운 상태라 내가 아니고서는 누군가 대리할 수 있는 상황이 아니었기에 반드시 와야만 했다.
가볍게 허리를 굽혀 인사를 하고 영정 사진을 미주했다. 그러고는 꽃 한 송이를 쥔 채 한참을 바라보았다. 이내 어이없는 실소가 터졌다.

"하아, 하하…참 나…."

뭐가 고장이라도 난 것인지 갑자기 눈물이 터져나왔다.

그 사진 속엔 내가 있었다.

덧:

웃기는 일이지만 정말 울면서 깼다.

아무도 못 봤을 장면임에도 머쓱한 기분이 들었다.

오늘은 평소보다 생생한 꿈을 꿨다.

음, 나쁘지 않은 꿈이다.

이렇게 가는 것도 나쁘지 않겠구나 싶을 만큼 잔잔해진다.

요란스럽지 않은 아주 중요한 순간… 나는 그런 게 참 좋다.

눈을 떴는데 창밖으로 사이렌 울리는 소리가 들린다.

이른아침부터 다급히 움직여야만 살 수 있는 풍경이 펼쳐진다.

자동차에 시동을 걸고 잠시 기다린다.

나쁘지 않은 꿈을 꿨더니 진짜가 막막하게 느껴진다.

나쁘지 않은 꿈이 현실감을 앗아가버린 건지는 몰라도 순간 내가 어디로 가려 했는지 새까맣게 지워져버렸다.

다 지워지기 전에 적어내야 한다.

기억해내야 한다.

그리고 이젠, 꿈에서 깨어날 시간이다.

긍정과 부정에 대한 단면

누군가 인간은 긍정적으로 생각할 때 비로소 세상의 아름다움을 이해할 수 있다고 했다. 그 아름다움에는 사랑, 따뜻함, 인정, 포용, 용서 등 많은 것들이 포함될 거라 생각했다. 그리고 깨달았다. 종종 긍정의 힘은 나를 멈춰 세우게 한다는 것을….

앞서 이야기했지만 나는 관심 있는 것도, 잘하는 것도 딱히 없었다. 그럼에도 질투와 욕심은 있었던 것 같다. 잘나 보이고 싶었다. 아니 그냥 잘나고 싶었나보다.
하지만 이미 주변엔 그 '잘남'을 잘 연마한 인간들이 너무 많았다. 혼자만 있어도 반짝거릴 인간들은 희한하게도 항상 뭉쳐 있었다. 그들을 보고 있자니 역광을 맞는 기분이 들었다. 기분 나쁘게 눈이 부셨다. 그 빛이 나를 짓누르는 것만 같았다. 나는 그들이 부럽기도 했으며 또한 싫었다.
저들보다 나아지리라, 더 높은 곳에 오르리라 마음먹은 순간, 꿈이 찾아왔다. 아니 정확히 시기, 질투가 빚어낸 목표라는 놈이 사과를 한입 베어물고 태어났다.
나의 성장은 50마력도 안 될 것 같은 본체로 시작했지만 트

랙에 오르자 500을 훌쩍 넘겨버리는 괴력을 발동하며 갓 태어난 엔진의 기대감을 과시했다. 동시에 운도 따랐다. 그렇게 한 계단 한 계단 나아가자 그들의 빛이 까마득한 점이 되어버렸다. 그리고 시기, 질투, 자격지심, 피해망상 등 부정적 감정이 싹 틔운 예쁜 꽃은 만개를 준비하고 있었다.

그 과정 속에서 이런저런 사람들을 만났다. 좋은 사람들, 밝고 배려심 많고 나를 아껴주고 나의 미래를 높이 평가하며 가치를 키워주고 싶어하는… 욕심 많은 사람들을 만났다. 그들은 그때그때 가려운 곳을 긁어주었고, 듣고 싶은 이야기들을 들려주었으며 혼자이고 싶지 않은 순간엔 언제든 어디든 함께해주었다. 때론 나의 실수 또한 어김없이 포용해주었으며 오히려 다독여주기까지 했다. 사람의 마음을 얻는다는 건 적절한 표현과 인내를 적재적소에 잘만 휘두른다면 생각보다 복잡하지 않은 일인 것 같았다.
적어도 나를 상대하기에는.
역시나 그리 어렵지 않게 마음을 죄다 내어주고 그들에게 의지했다. 그리고 뒤늦게 각자 의미가 다른 목표를 가지고 내

앞에 서 있었던 것은 아니었는지, 마주보고 있는 듯했지만
늘 등지고 있었던 것은 아니었는지 의심하기 시작했고, 결국
엔 하나둘 잃어갔다.
나는 쓸쓸했고 조금 슬펐다.

이렇듯 화사하게 피어오른 긍정적인 감정들은 점차 시들어
나를 정체시키고 말았다.

잔혹동화

별이 되고픈 한 소년이 있었다.
그는 일찌감치 사회생활을 시작했다. 목표를 향한 밑도 끝도 없는 집념과 목숨의 95% 정도는 갖다 바칠 것처럼 열정적이었던 위태로운 청춘이 발화점을 맞이해 성공이라는 불이 붙었다. 모든 것이 술술 잘 풀리는 듯도 하였고 동시에 자신의 인생이 잘 세공되어 가치를 더하는 것도 같았다. 뒤돌아볼 여력도 없이 바삐 돌아가는 하루의 끝엔 눈부시게 빛나는 별빛이 쏟아지고 있었다.
하지만 깨어질 것들은 자칫 한순간에 박살이 나고, 타래에서 풀어낸 실이 엉켜 어느새 손쓸 수 없게 되는 순간은 반드시 찾아온다. 발전이 가져다준 변화는 그를 매 순간 단순치 않은 선택의 기로에 서게 했고 그 중심에는 절대적인 선택권과 막중한 책임감이 디케의 저울처럼 공존했다. 그렇다고 매번 그 무거운 긴장감을 짊어지고 살아갈 수는 없는 노릇이기에 이따금씩 정신줄을 놓기도 했다.

그러다 어느 날 무심결에 흘려 뱉은 말 한마디.
그 한마디의 잔가지가 갑자기 무성한 잎을 채워 본질을 감추고, 보이는 것을 전부로 치부해 포장하듯 그에 대한 오해와 편견들이 자리를 차지하자 이때다 싶은 나무꾼들이 그를 마구 찍어내리기 바빴다. 어디서부터 왜곡되어 흘러나온 소문들인지 알 수도 없을 만큼 그와는 어울리지 않는 이야기의 숲에 던져진 그는 쫓기 좋은 사냥감이 되어 살기 위해 허우적거리고 있었다. 동시다발적으로 들어오는 공격은 어디서부터 막아내야 끝나는 것인지 알 수 없을 만큼 버라이어티하게 펼쳐졌다. 일순간 그냥 포기하고 도망치자 싶은 충동이 꿈틀댔지만 여기서 지고 싶지 않았다.

그렇다고 사방이 적인 것만은 아니었다.
날 세우기 분주한 그들의 시선만큼 편을 들어주는 이들 또한 잠자코 그를 지켜봐주었다. 결국 이겨내리라는 희망과, 그럼에도 불구하고 버텨낼 수 있을까 싶은 염려가 담긴 시선이 살며시 그의 뒤통수를 찌르고 있어 역설적으로 따갑게 느껴지긴 했지만, 그것마저 없었다면 코르크로 막아놓은 듯 묵직하게 닫혀 고통스럽기까지 했던 목구멍이 버텨내질 못했을 것이다. 고통을 삼키기도 하고 뱉기도 하다보니 시간이 흘렀고 세간의 반응은 무뎌졌다. 그제야 시계 초침이 움직이는 것이 눈에 들어오기 시작했다.

인간의 괴로움은 모든 걸 익사시키듯 삼키는 것 같았다. 자신의 존재감도, 버려진 시간도, 먹고 말하는 이유도 모든 것이 보이지 않고 느껴지지 않았다. 두려움이라는 모래바람이 이따금씩 얼굴을 마구 때리며 휘몰아쳐갈 때 동아줄이라도 잡는 심정으로 희망의 실 가닥 하나를 잡고 애써 버텼다. 땅을 파고 또 파고 들어가도 끝날 것 같지 않았던 절망은 더 이상 싸울 힘이 없어 지칠 대로 지친 그가 살기 위해 그것을 받아들이려는 순간 때마침 질렸는지 기척도 없이 사라져버렸다.

"나는 언제까지 일어서기를 반복해야 하는 것일까?"

그는 자신에게 물었다.
발끝에 걸린 희망 역시 바닥이었다. 살 것 같다 싶다가도 가로막힌 벽이 너무도 웅장해 숨이 막힐 것 같았다. 그래도 그는 멈춰 서 있지 않았고 그간 억지로 삼켜온 것들의 원형을 잘 살려 게워내듯 하나씩 하나씩 곱게 뱉어내고 있었다. 이것들이 쌓이면 다시 반짝이던 보석 같은 삶이 되돌아올 것처럼.

그 순간에도 잔인하고 다정한 시곗바늘은 암흑의 핵을 중심으로 돌며 찌를 듯 말 듯 서서히 움직이고 있었다.

나는 어쩌면 사람을 좋아하지 않는 생명체로 태어난 인간일지도 모른다. 사람을 두려워하면서 동시에 가여워하는 인간이지 않을까 싶다. 우리는 어쩌면 현세라고 불리는 현실감 좋은 지옥에 빠져 살고 있는 건 아닌지… 무엇인지도 모를 것으로부터 덜 고통스럽기 위해 허공을 향해 있는 대로 팔을 뻗어 건져달라 절규하고 있는 건 아닌지… 마치 나처럼.

이런 생각들이 스멀스멀 기어올라 나와 그들을 하나의 섬에 공존하게끔 만든다. 그래서 최대한 사람을 좋아하고 싶었다. 좋아한다는 것은 그들을 지켜주고 필요로 해주고 그들에게 잘해주는 것이라 생각했다. 그래서 나는 '이타심'을 주식으로 삼고 살았으며, 습관처럼 배려를 왼손에 양보를 오른손에 두자 후천적으로 '정'이라는 녀석이 나의 성장속도에 맞춰 살을 찌웠다. 그 이유 때문인지는 몰라도 어려서부터 나는 분위기를 읽어내는 기질이 발달했던 것 같다. 할머니가 식탁의자에 앉아 무릎을 두드리며 엄지와 검지로 콩나물 꼬리를 딸 때 '도와드려야겠다', 동생이 놀이터에서 저만치 떨어져 앉아 혼자 땅을 파고 있을 때 '친구들과 어울리게 해줘야겠다', 우유 배식 시간에 친구가 배가 아픈 듯이 책상에 엎드려 있을 때 '내 우유를 나눠줘야겠다' 등등 내가 해낼 수 있는 부분들을 잘 판단해 행동에 나서길 마다하지 않았다. 다만 그 결과가 모두 마땅한 것만은 아니었다.

얼마 전 나는 김밥집에서 떡라면을 먹으며 혼밥을 즐기고 있었다. 잠시 뒤 비교적 젊은 여자 손님 한 분이 옆자리에 앉았다. 그녀 역시 혼밥을 즐기며 한끼를 해결하고 나가려는 찰나 지갑과 휴대폰이 없음을 깨달았다. 가게 주인아주머니께 지갑을 놓고 왔으니 집에 돌아가 휴대폰을 챙겨 계좌이체를 해드리겠다며 사정을 설명하는 과정에서 그녀의 곤란한 감정들이 내가 앉은 자리까지 물결쳐오는 것 같았고, 나이 지긋하신 주인아주머니에게서는 잘 감추고 계시던 예상치 못한 상황에 대한 피곤함의 냄새가 풍겼다.

말로만 들어도 참 복잡한 현실이었다. 지갑과 휴대폰이 동시에 없는 것은 폐와 심장이 없는 것과 마찬가지인 시대에 살고 있지 않은가. 드디어 내가 나서야 할 차례다.

나는 과감히 일어나 주인아주머니께 다가가서 나와 그녀가 먹은 식사를 계산하겠다고 말했다. 그러자 주인아주머니는 쏟아지는 화색을 꾸역꾸역 감추다 내 마음이 바뀔세라 한시라도 빠르게 계산을 하고, 마침표를 찍듯 우리가 지나간 자리를 부랴부랴 정리하시기 시작했다. 무척 놀라 토끼 눈을 하고 있었던 그녀는 잠시 어리둥절해하더니 불쾌한 내색을 뒤통수로 빼꼼히 감추고 말문을 뗐다.

"아, 이러시지 않았으면 좋겠는데… 제가 해결할 수 있었어요."

아차 싶었다. 고마워할 것이라 착각하고 있었던 나는 부담이라도 덜어드리자는 자만심으로 한마디를 보탰다.

"아니에요. 다음에 우연히라도 볼 수 있으면 그때 저도 사주세요."

그녀의 표정이 더 일그러졌다. '뭐 어쩌란 말인가, 왜 네가 나서서 온전치 못한 마음을 더 불편하게 만드는 것인가' 싶은 얼굴이었다. 나의 좋은 오지랖이 그녀에게 상처를 준 게 틀

림없었다.

그리고 그 순간부터 더이상 좋은 오지랖은 존재할 수 없었다. 나는 착각의 동화 속에서 도망치듯 빠져나와 걸음을 재촉했다. 뭔가 부끄러움이 부글부글 끓어올랐다. 내가 싫었고 그녀에게 미안했고, 또 그녀가 매정했으며 그냥 내가 등신 같았다. 그뒤로 나는 그 식당에 더이상 발걸음을 하지 않았다.

바코드 찍듯 분위기를 쉽사리 읽어내던 능력은 가끔씩 이렇게 오작동을 일으켜 나를 곤란한 상황으로 끌어들이곤 한다. 그럴 때마다 나는 찬물을 뒤집어쓴 양 정신이 번쩍 들어 다시금 사람을 멀리하기 시작한다. 그리고 지레 겁먹은 농도가 연해질 때 즈음 또다시 어떠어떠한 순간들이 눈에 채이고 좋을지 나쁠지 모를, 도저히 미래를 예측할 수 없는 오지랖이 다시금 작동한다. 제발 나서지 말라며 내 허리춤을 붙들고 있던, 냉소를 품은 절제력이 힘에 부쳐 엉덩방아를 찧는 순간, 정으로 빚은 살점을 조금씩 떼어 나눈다. 때론 서슬 퍼런 날에 베여 피가 줄줄 흐를 수 있다는 것을 알면서도….

알레르기

혹시 알레르기가 있으세요?

저는 알레르기가 있는데요.

다 좋아하는 것들에만 반응해요.

많이 아파요.

제게 소중한 것이 아슬아슬 무너지는 느낌이 들 때, 제 입에 착착 달라붙을 만큼 맛좋은 것들을 기분좋게 삼켰을 때, 제가 빠져들기 딱 좋은 풍경을 한참 동안 바라볼 때… 알레르기를 일으킬 때가 있어요.

나로 인해, 혹은 나와 연결된 무언가로 인해 너무 소중한 것에 균열이 생기는 순간 제 자신을 원망하는 마음이 과해져 갑자기 제가 제 몸을 스스로 공격해 젊은 나이에 급성 폐렴을 앓는다거나, '와 이거 위험한데, 완전 맛있어'라는 생각을 그저 '위험하다'는 해석으로만 잘못 받아들여 온몸이 땡땡 붓거나, 늘 막막해 보이던 바다가 어쩐 일로 살겠노라 몸부림치듯 파도치는 순간이 아름다워 그 앞에서 한참을 바라보고 있으면 햇볕이 저리 가라는 듯이 오돌토돌 피부를 간지럽히더라고요.

왜 죄다 좋아하는 순간들에, 좋아하는 사람들에, 좋아할 수 밖에 없는 감각들에 겁을 먹는 걸까요? 잃을 바엔 뭐라도 일으켜버리겠다는 고약한 심리 때문일까요? 음흉하게 혼자 불안해할 바엔 불안을 확신할 수 있게 대놓고 보여주자는 걸까요? 이 몸뚱이가 외로우니 다른 거 좋아하지 말고 온전히 내게 관심을 가져달라는 걸까요?

혹시 알레르기가 있으세요?
그러면 아무것도 티내지 마세요.
아무것도 좋아하지 마세요.
아무것도 들키지 말아야 해요.
알게 되면 거부가 먼저라 절대 모르게 해야 해요.
나는 외부로부터 나를 지키기 위해 나를 공격하는 이상한 사람이에요.
혹시 당신도 그렇거든 꼭 '너무 좋아'라는 말풍선을 꺼내지 마세요.
그래야 오래오래 머물 수 있거든요.

미각이 좋으시네요

얼마 전 단골 빵집에 들렀다. 그곳은 건강을 최우선으로 생각해 천연 방식을 고수하고, 방부제같이 소화에 어려움을 주는 재료들을 배제하거나 최소화하여 만들어내는데도 거짓말같이 맛있는 빵집이다. 빵에 대한 집착이 강하지만, 최근 여기저기 흠집이 난 건강 때문에 식단을 재정비하면서 쌀, 밀가루, 설탕 등 하얀 재료를 멀리하고자 노력하던 나로서는 그곳이 매일 들러도 시원치 않은 오아시스였다.
워낙 인기가 많은 빵집인 '탓'에 가장 좋아하는 크랜베리바게트가 동났을까 초조해하며 부랴부랴 계단을 내려갔다. 그리고 문을 열자마자 아쉬운 탄식이 나도 모르게 흘러나왔다.

"아… 없네!"

나 같은 이 가게의 마니아들이 갓 구운 빵 향기에 취해 예수님의 살점 하나라도 받아먹으려는 신도들인 양 줄지어 가게를 휩쓸고 가 진열대는 이미 앙상한 뼈대만 남아버렸다. 가까스로 남은 빵 몇 조각을 한쪽으로 모아 숭숭 빈자리를 잘 정돈해둔 마감의 모양새는 양도 질도 타협하지 않겠다며 입을 꾹 다문 것 같은 형태로, 이 가게의 빈틈없는 절도를 보여주는 것 같았다. 아쉬운 놈은 어떤 우물이든 일단 파고 보는 법. 나는 '설타나'라고 쓰인 빵 하나를 집어들고 계산대에 섰다.

"빵이 많이 빠졌죠?! 찾으시는 게 없어서 어떡해요. 저희가 이틀을 쉬니까 오늘은 좀더 일찍 빠진 것 같네요."

상냥하고 잔잔하게 읊조리는 그녀의 말투는 아쉬움에 고조된 나를 진정시켰다.

"괜찮아요. 이렇게 다른 것들을 먹어볼 수 있는 기회가 생긴 거잖아요. 또 오면 되죠."

나는 내 안에 정박하고 있던 긍정을 최대한 끌어모아 대답했다. 그렇게 가게를 나와 빵을 한입 베어무는 순간, 거무스름한 설타나에서 오크통이 몰래 품고 있던, 숨겨져 있다 건져진 것처럼 깊고 진한 위스키 향이 느껴졌다. 술을 마실 줄 모르는 나는 술의 향과 성질에 예민했다. 물론 빵이 머금은 술로 인해 취하진 않는다. 다만 향기는 강렬했다. 입안 가득 우물거리던 설타나에서 세월에 농익은 가죽과 검붉은 월넛 가구로 가득 채워진 오래된 위스키 바의 풍경이 펼쳐지리라곤 생각지 못했다. 충분히 새로운 경험이었다.
나는 다음번 방문 때 설타나는 어떠셨냐는 그녀의 질문에 그저 가볍게 '위스키나 럼 같은 술 내음이 났다'고 말했다. 그러자 그녀 옆에 서 계시던 사장님이 말을 이었다.

"설타나는 럼이 아주 조금 들어가요. 그 맛을 느끼다니… 흔한 일은 아니지만 참고하겠습니다. 럼 향이 느껴질 정도로 강하게 사용하진 않았어도 직원들에게 얘기해놓아야겠네요."
"아니, 이미 완벽한데 저로 인해 뭔가를 바꾸실 일은…"
"아니에요, 참고가 되는 것들은 시도해봐야지요."

그의 친근하고 덤덤한 장인 정신이 밖으로는 개방되어 있고 안으로는 완고하게 잠겨 있음이 느껴졌다. 나는 혹여 곤란하게 만든 것은 아닌가 싶은 마음을 깔고 여운을 남겼다.

"정말 맛있었어요. 단지 제가 술을 잘 못해서 예민했을 거예요."

그러자 한결같이 상냥한 미소의 그녀가 진정제 같은 말 한마디를 놓았다.

"우리 사장님은 완벽주의자라서 손님들이 하는 이야기를 그냥 흘려듣지 않으세요. 다른 손님들 이야기도 종종 들으세요. 근데… 미각이 참 좋으시네요."

음식을 만드는 사람은 고객의 피드백에 귀 기울이면서도 자기의 주관을 잘 지켜내야 하는 외줄타기를 반복해야 함을 얼핏 들어 알고 있다. 몇십 년의 오랜 세월은 아니지만, 이 동네에서 적지 않은 시간, 많은 사람들의 사랑을 받고 있는 이 작은 빵집에서 그동안 얼마나 많은 시행과 착오가 있었을지 감히 상상도 안 간다. 하지만 결국 건강한 뿌리를 내리고 자리 잡았다. 내 기준에서는 이미 안정권이라 여겨질 만큼 이대로 유지만 해나가도 충분한 입지라고 생각했다. 그럼에도 불구하고 결코 쉽지 않은 '완벽'을 향해 끊임없이 개선해나가려는 의지가 눈부시게 빛났다.

가게 문을 열기 위해 계단을 내려가면 나무 한 그루가 서 있다. 단단한 뿌리가 흔들림을 잡아주고 휘어짐 없이 곧게 뻗은 기둥이 중심을 지킨다. 그리고 쏟아지는 햇살을 조심스레 건져내려 지조 있게 펼치고 있는 가지들이 품격을 더한다. 화려하지 않아도 아름다운 격조가 느껴진다. 그것이 꼭 이 빵집과 닮아 있었다.

괴물

기다리는 연락은 딱히 없지만 기다리지 않는 연락은 있다. 오늘, 잘못 들어선 길에서 되돌아갈 방법을 찾고 있을 무렵 휴대폰 진동이 울린다. 늘 이렇게 곤란할 때만 화면에 뜨는 이름들이 있다. 몇 마디 말로, 간사한 생각들로, 말과 다른 행동으로 나를 고문하는 나쁜 사람들. 일순간 온몸이 불쾌감에 소스라친다.

받고 싶지 않다.
받을 필요 없다.

하지만 내가 이미 의식하고 있다는 사실에 패배감이 들자, 서서히 그 녀석이 꿈틀거린다. 신경쓰고 있지는 않지만 꽤나 성가시고 괴로운 존재, 평소에는 매우 작지만 드러나는 순간 걷잡을 수 없이 팽창해버리는 존재. 그런 게 내 안에 있다. 그들은 자꾸 그것을 끄집어내려고 한다. 주워먹을 살점 한 점 없나, 피 한 방울 없나 나를 찔러본다. 그리고 고통에 몸부림치는 나를 우스갯거리 술안주로 삼는다. 그래서 더욱 상대하고 싶지 않다. 전화를 받지 않는 대신 수화기 너머로 전하고 싶은 말들을 글로 적어보기로 한다. 그래야만 조금은 이 부아가 해소가 될 것 같았다.

절대로 전화하지 마.

누군가를 통해 나에 대해 알려고 들지 마.

그 인생에 내가 존재한다고 생각하지 마.

손에 잡힐 듯한 존재로 보지 마.

내 흔적에 비집고 들어오지 마.

조금이라도 불쌍한 척하지 마.

치를 떠는 게 애정이라 착각하지 마.

나를 사랑하는 척하지 마.

회개든 용서든 구하려거든, 사라져.

사라져, 사라져… 사라져줘.

씩씩거리며 글로 게워내고 나니 조금은 진정이 됐다. 그리고 그 틈을 비집고 나오려던 녀석 또한 잠잠해졌다. 살면서 끄집어내이지 않은 부분이 있다는 건 축복일까? 나는 그들이 낳은 저주로 인해 몰라도 될 나를 너무 많이 알아버렸다.

Yes or No

일상에서 오가는 보통의 질문은 단순하다. 질문자가 바라는 건 명쾌한 마침표 하나다. 결론만을 전하는 것이 좋다고 생각한다. 모르면 모른다고 말하는 것 또한 포함해서 말이다.
그럼에도 불구하고, 맨살을 쉽게 드러내려고 하지 않는 이들이 있다. 꼭 비계가 잔뜩 낀 고깃덩이인 양. 같은 질문을 세 번씩 반복해야만 제대로 된 답변을 얻을 수 있다. 이 과정을 몇 번은 더 반복해야 한다. 스트레스다. 부글거리는 속도 들키지 말아야 하고 원하는 답을 얻어내야 하는 것에도 집중하다보니, 정작 중요한 부분에 할애되어야 하는 에너지가 고갈돼 창조적인 사고로 이어지지 않는다. 쓸데없는 소비에 생각이 가동을 멈춰버렸다.

어쩔 수 없이 커피 한잔을 들이켠다. 빌어먹을, 마치 이건 내가 모자라 결과를 내지 못하고 있는 듯한 그림이다. '못됐지만 말귀 알아듣는 녀석이 착하지만 아둔한 녀석보다 낫다'는 말을 몸소 공감하는 순간이다.
카페인이 말초에 닿을 때쯤 다시 생각이 돈다. 답을 얻어야 하는 것들을 차근차근 쌓아올려본다. '이번에는 부디'라는 희망도 걸어본다. 그러고는 최대한 알아듣기 쉽게, 짧게, 간단히 묻는다. 그랬더니 다시금 삐걱거리며 돌아오는 답변.
분명 흠집 잡힐 것이 있구나 생각하고, 감추려들듯 말을 돌리고, 덧대고, 이어붙이다 결국 말끝을 흐린다. 제대로 알고는 있는 건지, 제대로 알아보기는 한 건지, 내가 질문하기 전까지 궁금하긴 했었는지 알 수 없는 대답이다. 두서없이 흩뿌린 말 같지도 않은 말을 주워 퍼즐 맞추기라도 해야 하나 싶은 순간 짜증이 치민다. 나는 이런 식의 대화를 좋아하지 않는다.

"그래서 결론이 뭐야?"

미안하지만, 다음 단계로 넘어가지 못하는 고인물 같은 답변은 이쪽에서 사양이다.

테이크아웃 미

사람들의 이야기를 듣고 싶다. 혼자만의 망상과 공상을 오가며 떠올리는 것에 점점 한계를 느끼고 있다. 그렇지만 사람들을 만나는 게 언제부턴가 좀 힘들어졌다. 생각을 채우려 나갔다 혼란만 리필해오는 건 아닐는지. 역시나 마음이 생각을 튕겨내는 것을 보니 아직은 꾹 다문 속을 다 열지 못한 듯하다.

요즘 거리는 어디를 가나 한산하지 않다. 다들 만나고 싶은 사람들이 있고 하고 싶은 이야기가 많아 보인다. 카페도 식당도 언제부턴가 사람들로 그득그득하다. 자연스럽게 문을 열고 한 발 들어서자 여기저기 울리는 말소리가 한데 뭉쳐 공간을 채운다. 그것을 소음으로 인지한 불편함이 또다시 나를 뒷걸음치게 한다. 웅성거리는 소리에 얻어맞는 기분이 들었다.

아니구나, 나는 아직 저 틈에 끼어들 에너지가 없구나.

흐트러진 메뉴판을 바로 맞추고 각을 잡는다. 마치 뒤틀린 나 자신을 바로잡듯이 말이다.

오늘도 나는 '앉아서 커피 한잔 하고 가야지' 생각하며 문을 열고 들어가 결국 늘 마시던 메뉴를 주문하고는 "가지고 가실 건가요?"라는 질문에 나를 테이크아웃해 나온다.

그 선배가 말했다

9:28 a.m.

"When I was nothing, I could do anything.

내가 아무것도 아니었을 때, 나는 뭐든지 할 수 있었다.

But now that I'm everything, I can do nothing.

하지만 이제 나는 모든 것이 되었고 아무것도 할 수가 없다."

11:31 a.m.

"넌 왜 '누구'처럼 되고 싶지? 난 단 한번도 누구처럼 살아본 적이 없는데. 그럴 만한 여유가 없었나?! 아닌데… 넌 그냥 네 삶을 살잖아. 그런 사람이 되고 싶다든가 그런 역할을 하고 싶다는 건 그냥 일상의 패턴이나 표정 흉내내기 정도밖에 더 되겠어?! 속이 다르잖아.

살아온 풍경이 전혀 다르다면 그렇게 되는 것보단 새로운 뭔가가 되는 게 낫지 않겠어?! 참고는 그야말로 상상으로 하는 거야. 이미 본 걸 겉으로 흉내내는 건 그냥 코스프레인 거지."

1:35 p.m.

"난 영화가 싫어."

"근데 왜 보세요?"

"자극이 필요해서. 가끔은 싫은 데서도 자극이란 걸 받으니까.

넌 나쁜 사람한테 받는 영향보다 좋은 사람한테 받는 영향이 더 크다고 생각해? 그렇다고 말하고 싶겠지… 현실은 말이야, 나쁜 것들이 좀더 확실히 사람을 움직이거든. 그 자극이라는 걸로 말이지. 자극을 받으면 생각하게 되잖아. 뭐가 좋았고 싫었고, 뭐가 맞았고 틀렸고, 또 뭐를 원했고 잃었는지. 그래서 난 영화가 싫어. 너무 거창해. 하지만 아이러니하게도 가끔씩 필요하단 말이지.

난 음악이 좋아. 3분 동안 제대로 된 설명도 없이 제법 움직이게 하니까. 굳이 길게 설명하지 않아도 알아서 느끼는 건 정말 굉장한 거 같지 않아?!"

"…."

"영상은 사진처럼 그 장면에서 시간이 멈춰 있는 듯하지만 음악은 시간이 얼마가 흘러도 과거로부터 흐르는 기분이야. 이런 기억이 있다는 건 아마도 선물일 거야."

"…(뭐라는 거야)…."

2:37 p.m.

"많이 보고, 많이 듣고, 많이 느끼고, 많이 기억해. 그렇게 버티다보면 지우고 싶은 것들이 하나씩 늘어갈 것이고 결국 그것들로 일어서게 될 거야. 벗어나기 위해서 발버둥치다 어느새 물장구가 되었을 때, 나도 모르는 사이에 수면 위로 오르게 될 테니까…."

3:40 p.m.

"다시 말하지만 넌 내일이면 지금보다 나을 거야.
항상 지금이 최악이라고 말한다면 말이지."

5:42 p.m.

"그만! 욕구불만이야? 아님 일종의 자학인가? 그러다 지쳐. 완전히 나가떨어질 수도 있어. 다신 안 하고 싶어진다고. 그러니까 쉬어. 지금 안 쉬면 몇 년을 쉬게 될 테니까… 이제 그만."

하지만 멈추지 않고 계속되는 나를 보자,

"넌 너무 진지해. 무거워. 그리고 지나치게 노력해. 그러다 안 되면 더 진지해지고 더 막막해하겠지?! 또 그럴 때마다 아니다, 아니다 하면서 더 노력하겠지?!
휴~ 있잖아. 매력은 여기저기 좀 비어 보여야 빛이 나는 건데 너는 돌멩이 같아. 틈이 없어, 무식해 보여. 그런 너에게서 나오는 것 역시 숨 막힐 정도로 갑갑한 것들이 되겠지. 봐, 이러니 계속하게 되는 거야. 긴장 풀고 좀 내려놔라."

9:44 p.m.

"'어른스러운 사회에 살아남기 위해서라도 난 철들지 않을 거야'라고 했었는데… 인내심이 날 집어삼킨 것 같아. 숨이 막혔으면 하는데 이게 더 편하다니… 사실은 처음부터 이러면 되는 거였는데 반항하다 복잡해진 건가?! 울퉁불퉁한 갓길을 탄 것 같기도 하고. 그래도 난, 사실은 철들고 싶지 않았는데 말이지. 물 위의 기름이고 싶은데. 자꾸 섞여. 좀 슬프네. 뭔지 모르게 더 외로워서 짜증이 난단 말이지."

그녀가 말했다

"나는 네가 적당히 착하고 적당히 못돼서 좋아."

종종 이 말 한마디가 아스피린처럼 온몸에 퍼질 때가 있다. 진정한 독립을 맛보리라 장담하고 집을 나온 지 1년 반쯤 지나갈 무렵, 나는 일면식도 연결고리도 없는 그녀와 어찌하여 알게 되었고 호감을 샀으며 가까워지게 되었는지 정확히 떠오르지 않는다. 다만 그녀는 처음부터 작은 고양이 같았다. 가까이 다가가면 할퀴는 경계심 많은 고약한 고양이라기보다는, 좀더 나른하고 무관심하며 기쁜 순간에도 그저 갸르릉 한마디로 끝내는 고양이처럼 담백한 사람. 딱 그 정도.
나는 주로 그녀와 메일로 이야기를 나누었다. 오늘 있었던 일. 요즘 관심 있는 것들. 그냥 하고 싶었던 말들. 특별한 용건이나 목적 없이 시시콜콜한 이야기들로 채워지는 것이 전혀 어색하지 않은 사이. 그다지 가깝지도 또한 멀지도 않았던 사이. 그런 적당한 습도를 유지한 관계가 그녀에 대한 호감을 매일 자극했다.

'이 언니가 무언가를 되게 좋아하면 어떻게 될까?! 마구 빠져

들까?! …아니면 지금과 별반 다르지 않을까?'

그녀는 커트 보니것(Kurt Vonnegut Jr.)이라는 작가를 좋아했고 서점에서 풍기는 고독한 종이 향을 즐겼으며 고미술부터 현대미술까지 전시 보는 것을 어려워하지 않았다. 또한 음악에 딱히 큰 관심이 없다 하더라도 귀는 항상 열려 있었다. 그녀는 혼자 있는 것을 즐겼다. 그 시간을 전혀 불편해하지도 파괴하려들지도 않았다. 그녀 주변에 흐르는 고요하게 불안정한 매력과 기복 없는 얕은 바람결이 언뜻언뜻 나를 나른하게 홀리는 것 같았다. 자극을 받아 자아를 생성하는 것도, 취향을 찾는 것도, 닮고 싶은 순간들이 생기는 것도 자연스럽게 돋아났다. 즐거웠다.

그러던 어느 날 그녀가 나를 빤히 바라보더니 내뱉은 말이 바로 그것이었다. '나는 네가 적당히 착하고 적당히 못돼서 좋아.' 당시엔 아마 '못됐다'는 표면적 의미에 속아 미세한 서운함이 피어나고 있었지만 오래 지나지 않아 저 말이 나를 얼마나 해방시켜주고 있었는지 실감할 수 있었다.

그랬다. 내 삶은 촛불 같았다. 나는 주변을 밝히라는 사명에 젖어 그 작은 몸으로 어둠을 태우느라 여력이 없었는지 온전히 스스로를 좋아해주지 않았다. 가족을 위해, 주변을 위해 녹고 일그러지고 기화되어 소멸해가는 자신이 원망스러웠다. 그러나 나는 적당히 착해도 됐고 마냥 착하지 않아도 됐다. 가던 길을 멈추고 자꾸 뒤돌아서서 그들을 바라봐주지 않아도 됐다. 배려와 양보가 벽을 치고 사방을 막고 있었기에 나를 돌보기 위한 거울을 들여다볼 엄두도 나지 않았던 그때, '적당한 못됨'은 감칠맛 나게 나를 구원해주었다. 뭐든지 흡수해 제 것으로 만들기 좋은 나이에 심지가 그을려 있던 내가, 적절히 취할 만한 형태를 가진 그녀를 알게 된 것은 참으로 행운이었던 것 같다.
그렇다면 나는 그녀에게… 뭔가 하나는 전했을까….

지금은 한 남자의 아내이자 두 아이의 엄마가 되어 눈떠 있는 시간 내내 생기에 홀려 있는 그녀를 보고 있자니, '아, 이게 내가 궁금해했던 것이었지?!'라는 생각이 떠오르며 그 광경을 한참 동안 사랑스럽다는 듯이 바라보았다.

Elle, Ella dijo.

Elle, 그녀가 말했다.

Ella me dijo que no me enfermara.

그녀가 내게 아프지 말라고 말했다.

Ella me dijo que viviera.

그녀가 내게 살라고 말했다.

울고 있었다

아침 비행은 정말 불안하다. 나는 유독 아침잠이 많은 데다, 감각을 톡톡 건드려 깨웠다 해서 정신머리도 같이 번쩍 뜨이는 것이 아니기 때문에 이른아침 판단을 요하는 일은 되도록 피하고 싶었다. 항시 그르치기 때문이다.

허나 이게 웬걸… 이 중요한 날 눈을 떠보니 8:00 a.m. 망했다 싶었다. 단체로 이동하기 위해 인천공항에서 가이드분과 만나기로 한 시간은 7:30 a.m. 포기해야겠구나 싶었다. 휴대폰을 보니 부재중 전화 3통, 문자 3개. 혹여 오고 있는 와중이면 정신없게 만들지 않을까 눈치보느라 마음껏 전화도 못하고, 혹시라도 길을 못 찾고 있는 건 아닐까 초조한 마음에 모임 장소 사진까지 첨부해 보낸 문자를 보고 있으니 '망했다. 큰일이다. 내가 다 망쳤다. 어쩌지'라는 생각이 들었다. 또한 다중적으로 떠오른 생각의 한편으로는 '이분은 배려심이 참 좋으신 분이구나'라며 그의 따뜻한 마음씨에 녹아 죄책감을 우려내고 있었다.

때마침 걸려오는 전화. 어차피 망한 거 선수를 쳤다.

"너무 죄송해요. 이제 눈떠서 시계를 보니 8시예요. 저는 포기하고 먼저 출발하세요. 정말 너무 죄송합니다."

이렇게까지 했으니 더이상 이번 여행을 손꼽아 기대하던 나 자신에게 여지를 줄 수가 없을 것이라 생각했다. 그렇게 말로 뱉은 뒤 깔끔하게 엎자 싶었다. 하지만 그는 포기하지 않았다.

"여행사에 알아보고 다시 연락드릴게요. 일단 오시겠어요? 안되더라도요. 여기는 제가 어떻게든 해보겠습니다."

지푸라기라도 잡아보자는 심정을 그가 먼저 내게 내비쳤다. 세수네 양치네, 이런 호사스러운 행동은 사고회로 자체에 기어나올 염치도 없었다. 마치 은행을 털고 나가는 것처럼 11분 만에 모든 준비를 마치고 짐 가방과 몸을 힘껏 던져 차에 올라탔다.
서울에서 인천공항… 이럴 땐 정말 서울에서 지옥으로 가는 것 같은 기분이 든다. 하필 이런 순간 기름이 없다. 이런 식이라면 더더욱 서울이라는 녀석이 내 옷자락을 붙잡고 놔주지 않고 있다고 생각할 수밖에 없다.

'적당히 하고 이 손 좀 놔주라, 제발!'

포기의 시그널이 계속 울리자 정말이지 울고 싶어졌다. 그러나 가이드님의 의지가 곧 나의 의지! 아직 지푸라기 근처에도 못 갔다. 경차다운 아담한 체구로 용량 초과의 힘을 애써 당겨쓰며 '주인님 더이상은… 더 빨리는 못 가겠어요'라고 울먹이듯 비실거리는 엑셀을 안타깝게 여길 여유조차 없었다.

'잔소리 말고 더 땡겨!! 나아가란 말이다!!'

나한테 화를 냈다가, 나를 깨우지 못한 알람에 화를 냈다가, 죄 없는 괜한 사람에게 화를 냈다가, 다시 나에게 화를 냈다가를 반복하며 가는 길에 보이는 모든 것들에게 저주를 퍼붓고 나니 인천공항이 보였다.

지금은 이것저것 재보며 무엇이 더 알뜰한가 합리적 선택을 고민할 자격이 없는 상황이기에, 최대한 시간을 지켜내고자 차량을 유기라도 하듯 주차대행 선생님께 맡기고 뛰었다. 경차의 숙명 따윈 잊고 용케 그 먼길을 풀파워로 달려와준 녀석에게 수고했다 한마디라도 해줄걸. 아무튼 시간은 기적적으로 데드라인 안쪽에 있었다.

이제 괜찮은 걸까. 아직 가능성이 남아 있을까. 얼마나 민폐가 되었을지, 끔찍하다. 일행분들과 가이드님이 날 원망하시진 않을까. 집은 잘해놓고 나오긴 한 건가.

이런저런 걱정들은 떠오르기가 무섭게 사력을 다해 달리던 숨과 지친 다리에 치여 내쳐진다. 몸이 점점 무겁게 느껴져 이제 그만 달려도 되지 않을까 싶다가도 양심이 쉬이 허락해주지 않을 거라는 사실을 눈치채고 꾸역꾸역 목적지와의 거리를 좁혔다.
드디어 눈에 보이는 만남의 장소. 하지만 만남은 어디에도 없었다. 일행들은 이미 안으로 들어가 탑승장 근처에 있을

터였고 가이드님은 아직 서로 얼굴을 몰라 찾을 수가 없었다. 그 순간 저만치서 구슬땀을 흘리며 뛰어오는 누군가를 발견했다.

'아, 가이드님이시여.'

그러고는 이내 안도의 한숨과 죄책감의 무게가 내 머리를 발끝까지 끌어내렸다. 죄송한 마음을 다 내보일 여유도 없이 부랴부랴 발권을 마치고 출국장 안으로 들어섰다. 센스 있는 몇몇의 직원분들께서 헐레벌떡 뛰어오는 우리를 보고는 기다림이 덜한 쪽으로 안내해주셨다. 결국 그렇게 불가능과도 같았던 탑승을 완료했고 악몽보다 끔찍했던 그 아침은 막을 내렸다.

비행기에 한자리 차지하고 앉아 있자니 노아의 방주에라도 올라탄 것처럼 평온이 나를 따뜻하게 감쌌다. 여기까지 따라붙었던 공포탄 같던 포악함은 온데간데없이 차분해져서는, 좌우를 바라보며 마음에 잔뜩 낀 가스를 뱉어내듯이 회개

한다.

"오늘 정말 죄송했습니다."

그렇게 더부룩했던 속마저 가라앉는다. 인간의 마음은 참으로 간사하다. 이래저래 무거웠던 마음이 장 청소라도 하듯이 비워지는 게 너무 순식간이다. 어찌 됐든 여행의 진짜 시작은 지금부터였다. 그렇게 들떠 건너편 옆자리를 바라보았다. 처음 내 좌석 앞에 섰을 때 자리를 잘못 찾았다니며 다소 경쾌한 템포로 건너편 창가 자리로 움직였던 여인이었다.
그녀는 무심코 창밖을 바라보고 있었고 펼쳐놓은 테이블 위엔 외국어로 된 책 한 권과 따뜻한 커피 한잔이 있었다. 잠자코 창밖을 응시하던 그녀는 살짝 고개를 돌리더니 흘러내린 눈물을 소리 없이 훔치고 있었다. 그렇게 숨을 돌리는 것인지, 마음을 돌리는 것인지 알 수 없는 정적이 흐르고 난 뒤, 다시 책을 들어 읽어내리기 시작했다. 불긋불긋한 눈가와 콧방울엔 여전히 그 감정이 진행되고 있는 것처럼 보였지만 애써 더는 드러내지 않았다.

나는 가방을 열어 티슈를 확인하고 한참을 만지작거리다 다시 가방 문을 닫았다. 무엇 때문인지는 몰라도 그녀의 북받쳐오른 감정을 내가 알아차렸다는 것을 그녀에게 티내고 싶지 않았다. 조금 뒤 울고 있었던 그녀는 어느새 제자리를 찾은 듯했다. 그렇게 우리는 각자 다른 과정과 순서가 뒤바뀐 감정을 챙겨 같은 곳을 향해 수평으로 흘러가고 있었다.

바이바이

가기 싫다.

떠나기 싫다.

돌아가기 싫다.

아, 여기 더 있고 싶어.

너도 그렇지.

못 다한 게 많은 것 같은데.

마음이 자꾸 뒤를 돌아보는데.

시간이 갈 곳을 재촉하니 발걸음이 더욱 안 떨어지네.

뭐를 놓고 온 걸까.

아니면 뭐를 채우지 못하고 온 건지.

왜 이리 아쉽지.

그렇지만 너는 붙잡지도 않는구나.

늘 나만 아쉬워하네.

그래도 어쩔 수 없네.

역시 더 있을 수는 없으니까.

다시 만날 때까지.

바이바이.

유형 테스트

인도 정중앙에 공유 전동킥보드 한 대가 쓰러져 있다. 한쪽 손잡이의 브레이크 레버가 쓰러진 충격에 깨진 듯이 부근에 떨어져 뒹굴고 있다. 통행 인파가 그리 많지는 않지만 길 한복판에 그러고 있으니 걸려 넘어질 수도 있고 좁은 길에 그 물건을 용케 피해 가느라 성가셔 보인다. 이때 사람들은 크게 세 가지 유형으로 나뉜다.

1. 그것을 발견하고 인지한 순간조차도 들키지 않을 만큼 의식하지 않고 지나쳐 간다. (대부분의 사람들이 그러했다.)
2. 그것을 발견하는 순간 저게 왜 저렇게 됐을지 마지막에 탔던 사람에게 쯧! 혀를 차고 제대로 세워놓을까 말까 어쩌지 싶어 일단 바라보고만 있는다. (나를 포함한 몇몇이 그러했다.)
3. 그것을 발견하는 순간 한 치의 망설임도 없이 가던 길을 멈추고 통행에 방해가 되지 않는 쪽으로 올바르게 세워놓는다. 떨어져나간 브레이크 레버 또한 수거해갈 이를 위해 핸들 쪽에 잘 보이도록 살포시 얹어놓는다. (한쪽 다리에 깁스를 하고 목발을 짚은 채, 통증 때문인지 한 발 한 발 떼는 게 매우

힘겨워 보이던 어떤 아저씨 한 분이 그러했다. 그 몸으로, 그 발로 유일한 버팀목이던 목발을 내려놓고 길 가는 사람들의 안전을 위해, 그리고 자신의 양심을 위해 본인이 뜻하는 신념을 망설임 없이 행하신 거다.)

내 이상은 3번의 실행자였다. 하지만 내 현실은 2번의 방관자였다. 그러나 그날 가장 많이 본 것은 1번의 보통 사람들이었다.

미완성

요 며칠 나의 무기력함이 다시금 스멀스멀 올라오기 시작했다. 루틴처럼 정해진 일과를 제외하고는 의욕이 전혀 생기질 않는다. 점차 고갈되어가는 기분이다. 무엇이 문제인지는 대충 알 수 있지만, 어떻게 끌어올려야 하는지는 가늠이 잡히지 않는다. 생각보다 곤란하다. 기대감이 거부감으로 또는 책임감이 부채감으로 변색되는 순간부터 의욕이 증발해버리는 것 같다. 아무것도 하고 싶지 않다.
한편으로는 그러다 갑자기 무언가가 뚝 끊어져버릴까 조바심이 난다. 그 이후엔 분명 그 무엇을 놓았든 한참 동안 살펴보지 않을 테니 말이다. 들러붙어 있던 소파에서 쇳덩이 같은 몸을 일으켜 주방으로 향한다. 그간 쌓아둔 일을 해치울 듯 가만히 서서 바라보다 다시 시선을 옮긴다.

'좀더 이따 해도 되겠지.'

그렇게 미뤄둔 일상 또한 천천히 둘러본 뒤 자책감을 충전한다.

'도대체 언제 해치울 건지….'

그렇게 무거워진 내 어깨를 또다시 소파에 누인다. 마치 그곳에 놓아줄 '지친 마음'이 필요해서 잠시나마 움직였던 것 같다. 시간이 잠깐이라도 좋으니 이대로 정지했으면 좋겠다… 했지만 현실은 가차없이 흐른다.

어느 순간에 해가 저물었는지도 모르겠다. 오늘도 이렇게 끝나는구나 싶은 찰나, 이 상태로 끝내고 싶지 않다며 낮 동안 잠자코 있던 의욕이 떼를 쓴다. 잠시간 뭘 하면 좋을지 생각하다 무작정 박차고 일어난다. 우선 싱크대 앞에 서서 물을 틀고 멍하니 바라본다. 늘 시작이 어렵다. 한번 움직여지기 시작하면 꼭 완벽한 마무리를 지어야 끝이 난다.

그래서 처음이 부담스러운 걸까. 마음을 다잡고 행동에 나선다. 낮과는 전혀 다른 프로그램이 깔린 것처럼 쉴 새 없이 의욕이 기력을 학대한다. 주방도 집안도 어둠이 깔린 밖과는 반대로 반짝반짝해졌다. 그제야 자괴감이 만족감에 밀려난 듯 잠잠해졌다. 잘했다 싶지만 뿌듯함 같은 건 없다.

기력이 애써준 덕에 침대에 눕는 것이 평소보다 달콤하다.

다시 휴대폰을 집어든다. 그리고 뭔가 끄적끄적거리다 맘에 안 들어 지우고 다시 끄적거리다 허공 한번 바라보고 또 지우고… 이렇게 한 글자도 채우지 못한 채 잠이 들어버린다.

오늘 내가 했어야 하는 건 며칠을 쓰다가 내버려둔 글을 쓰는 것이었다.
오늘 내가 해낸 거라곤 또 며칠을 내버려둘 짐을 달래준 것이 전부였다.

나는 늘 이렇게 미완성이구나…라고 생각하며 그저 답 없는 잠에 취한다.

그래도 괜찮다

생각보다 경쾌하거나 즐겁지는 않았다. 하지만 괜찮았다. 그건 그런대로 괜찮았다. 조금 느리기도 하고 쓸데없이 급하기도 했지만 괜찮았다. 배가 고프기도 하고 조금 쓸쓸하기도 했지만 그것 역시 괜찮았다. 약속이 있었으면 하기도 했고, 그런 압박감 따윈 필요 없다 생각하다 결국 어제와 같은 날들이 이어졌지만 나쁘지 않았다.
잠깐씩 무언가를 적어내릴 때마다 할일이 없어서 하는 것 같기도 했지만 뭐라도 남는다는 건 정말 괜찮았다. 그렇게 조금씩 지난 시간들이 쌓이는 것 또한 나쁘지 않았다.
혼자 있는 게 점점 괜찮아지고 있을 때쯤 나는 또다시 무리로 흘러들어가게 되겠지만, 아마도 괜찮아질 것이다. 다음이 있으니….

그나저나 일단은 머리를 좀 자르고 싶다. 어디로 갈까나. 마땅한 목적지도 없고 이렇다 할 정보도 없다. 이것마저도 괜찮다고 생각한다.
그래, 괜찮았다.
아무것도 정해진 것이 없다 하더라도,

아무것도 정해질 것 또한 없다 하더라도 다 괜찮다.

매번 나를 몰아세우고 있는 나로부터 잠시나마 벗어나는 것이 필요하다.

괜찮다, 그래도 괜찮다.

강아지풀

나는 칭찬이 어렵다. 잘 어울리지 않는 미니스커트를 입은 느낌이 든다. 뭔가 티내지 말아야 할 것을 들킨 기분이기도 하고 동시에 인정받은 무언가로 인해 승격당한 기분이기도 하다. 또 한편으로는 그렇게 소중한 것이 칭찬과 동시에 소멸당하는 기분이 들기도 한다.

너무 좋지만 불편하다.
때론 좋지만 반갑지 않고
당연히 좋지만 어색하고
내심 싫지만 뿌듯하고
대놓고 부정하지만 알아줘서 다행스럽다.
그러나 여전히 칭찬이 어렵다.
왜일까.

나는 삼남매 중 둘째로 태어났다.
남들보다 비상한 머리를 가진 오빠는 장남에다 성적까지 우수해 관심과 칭찬은 항상 그를 향하고 있었다. 몇 건의 기행은 있었으나 이렇다 할 비행은 저지르지 않았다. 그는 공급

하는 전력보다 밝히는 범위가 훨씬 넓은 필라멘트 같았다. 정말 뛰어났다. 존경해 마다하지 않을 정도였으나 애석하게도 유년시절 나와의 관계는 그다지 호락호락하지 않았다. 나는 아마도 그를 질투하고 그에게 자격지심을 가졌을 것이다. 한편 동생은 손재주가 매우 뛰어난 친구였다. 글씨도 그림도 바느질도 손으로 빚어내는 모든 것들이 반짝반짝 빛났고 정갈했다. 성격 또한 온순하고 조용해, 만만한 땅에 볼록 솟아오른 짱돌 같은 나와는 정반대로 즈려밟아서도 흩트려서도 안 될 것 같은 아이였다.

이 둘은 각자의 노력과 재능으로 칭찬받아 마땅한 상황들을 가족들에게 선물처럼 안겨주었다. 하지만 중간에 낀 나는 위아래로 마찰이 잦았고 지길 싫어했으며 할말도 많았고 고집과 화도 많았다. 게다가 무언가를 잘한다 싶을 만큼 특별함도 없는 주제에 사고뭉치였고, 학창시절부터 무리를 짓거나 무리에서 튕겨나가 겉도는 문제아 그 자체였다. 부모 된 입장으로 고개 숙이러 학교에 불려가야 하는 유일한 자식이었다. 그러니 칭찬은 고사하고 하루라도 매를 맞지 않으면 그날 액땜을 못했다며 불안해할 정도로 하향평준화된 인생을 살고 있었던 것 같다.

그러던 어느 날, 기회가 흙투성이로 버려진 나를 주운 것인지, 내가 흘려 지나칠 수도 있는 억센 기회를 길가에 핀 강아지풀 움켜쥐듯 잡고 뽑아 내 것으로 만든 것인지 알 수 없었지만 그 순간과 맞닥뜨렸다. 연기라는 것도, 브라운관으로 나라는 껍질을 입은 새로운 휴먼 'X'를 만들어내는 것도 너무 생소했다. 신선함이 도를 넘어 초 단위로 두렵고 막막했다. 무엇이 잘하는 건지, 어떤 결과를 내야 하는 건지, 아무것도 모르는 바보인 상태의 내가 할 수 있는 것이라고는 그저 소리를 크게 내고 반복 연습으로 실수하지 않는 것! 그것만 양손에 쥐고 뛰어들었다. 그러곤 얼마 뒤 지나가던 아주머니께 등짝을 맞았다.

"은실이 너무 괴롭히지 마라, 너 너무 못됐더라."

악역이 맺은 결실은 아팠다. 너무 따끔했지만, 다소 억울했지만, 눈물이 핑 돌 것같이 좋았다.

"제가 그런 건 아니에요. 그치만 감사합니다."

처음으로 인정받은 부정이 너무 거대한 칭찬이었기에 순간 움츠러들거나 거부할 수조차 없었던 것 같았다. 그 한순간 덕분에 여태 지나온 불안이 눈에 보이진 않지만 마음으로 선명해지는 기분이 들었다.

그 각인 때문일까. 어느새 나는 나 자신으로 인정받는 순간에는 '자유분방함'이라는 본질에서 벗어난 것 같은, 포장지에 쌓인 기분이 들었다. 혹은 '촉망'이라는 규격에 딱 맞춰진 상자에 갇힐 것 같은 기분이 들었다. 분리되고 있었나보다. 혹은 분리되고 싶었나보다. 애초에 기대가 부재한 나와 가능성이 다분한 나를 별개로 생각했나보다.
나는 졸졸거리는 약수터 샘물 같은 나 자신을 크게 보고 있지 않았다. 언젠가 지나가는 등산객들에게 까맣게 잊힐 수도 있는 구석진 곳의 조그만 샘이라 여겼다. 동시에 아무리 퍼가도 마르지 않는 샘이길 바랐다. 나는 외로웠지만 둘러싸이고 싶지는 않았던 모양이다. 그리고 흠이 많은 하나를 비밀

스럽게 지켜내기 위해 여러 가지로 존재하고 싶었나보다.

매 순간 나의 노력은 헛되지 않았다. 그렇기에 결과 또한 헛되지 않았다. 나의 시간은 멈춰 있지 않았다. 고로 쌓아둔 것 역시 잔잔히 넘쳤다.
그렇게 세월이 흘렀다.

여전히 칭찬은 나를 어렵게 한다.
그렇지만 처절하게 고독했던 순간을 양분삼아 괴로워하고 기뻐하며 세상에 내어놓은 것들이 여전히 관심 있게 보이고 좋게 평가받는 것에는 감사함과 감격이 차오른다. 시간을 거슬러왔어도 제대로 봐주고 있다는 생각에 명치 위쪽이 뜨끈하다. 등짝이 따가워도 말이 곱지 않아도 그것이 최고의 칭찬일 수 있는 매우 특별한 기회를 움켜쥔 것, 그때 뽑은 강아지풀이 억세 아직 손에서 놓지 못했다는 것에 복잡한 미묘함을 느끼지만… 나로 산다는 것 그리고 그들 혹은 그것으로 산다는 것, 이 모든 게 사실은 나에게 화해를 청하고 있는 건 아닌지….

칭찬을 듣는 건 여전히 어렵고 어색하다.

하지만 언제까지고 그 어색함이 나를 괴롭혀주었으면 하는 바람이 든다.

1084
非常
ボタン

아무도

실은 아무도 너한테 관심이 없어.

네가 어디를 보든, 무얼 말하든 관심이 없어.

생각보다 너는 자유로워.

그러니 입을 크게 벌리고 제대로 말해.

그러니 쭈뼛대지 말고 제대로 걸어.

눈이 마주친 순간 상대가 너의 생각을 파고들 거라는 두려움에 위축되지 말고 똑바로 마주봐.

수저 든 손이 부자연스럽다고 생각하지 말고 제대로 움직여.

혼자여도 여럿이 있어도 결국.

주변이 채워져 있어도 비워져 있어도 결국.

아무도 너를 신경쓰지 않아.

너는 늘 관심 밖에 있으니, 안심해.

내 친구

나는 네가 웃을 때 기분이 좋다. 나는 너의 웃는 얼굴이 너무 예쁘다.
미소 말고 받은 게 없을 때도 이상하게 다 퍼주고 싶을 만큼 고맙고 행복하다.
정말로 나를 위해 온 힘을 다해 기뻐해주는 듯한 그 후한 얼굴이 너무 예쁘다.

하지만 아쉽게도 우리는 서로 너무나도 바쁘다.
자주 보고 자주 채웠으면 하는 부분들이 허전함을 넘어 덤덤해지려는 순간 네가 초인종을 누른다.
오늘도 나는 누구보다도 웃는 얼굴이 예쁜 너의 미소를 바라보며 내 감정이 넘치지 않을 만큼, 흐릿하게 웃는다.

네가 얼마나 타인을 위해 살아가는지,
네가 얼마나 자신을 낮추며 살아왔는지,
네가 얼마나 독한 아픔을 삼키느라 쓰디쓴 시간을 살고 있는지,
그리고 이 모든 걸 들키지 않고 혼자 해내느라 얼마나 애써

왔는지를 그 아름다운 미소가 전부 숨겨주고 있는 것 같아 더 아프고 더 예쁘다.

너의 웃는 얼굴을 떠올릴 때면 절로 안아주고 싶은 마음이 드는 건 이런 이유 때문일까.
그러면서도 선뜻 안아주지 못하는 건 내가 아는 걸 들키고 싶지 않기 때문일까.

친구야, 나는 너의 웃음이 참 좋아.
친구야, 나는 네가 웃을 때가 참 아프다.
친구야, 나는 네가 내 앞에서 그렇게 웃어줘서 고마워.

이렇게라도 의지해줘서 고마워.

魔(마)

불이 났다.
다 죽었는데 시간만 살아남았다. 다 멈추었는데 저 녀석 혼자 흐르고 있다. 모든 것을 검게 녹인 역동적인 화마를 비웃기라도 하듯 유난히 시간만 차갑게 흐른다. 그로부터 어떻게 열흘이 흘렀는지 기억나지 않는다. 어떻게 그날이 있을 수 있었는지 또한 현실감이 없다. 수많은 사람들, 고요하지만 요란하게 돌아가는 사이렌 불빛, 쏟아지는 질문, 옆방의 천사들 그리고 꿈… 그래, 이 모든 게 꿈만 같았다. 꿈이라면 말이 된다고 생각했다. 하지만 결과는 분명했다. 없었어야 할 순간이 태어났다.

삑삑거리는 작은 소음에 기척을 느끼고 그 새벽잠에서 깬 것 자체가 기적이었다. 나는 한번 잠들면 그 어떤 소리도 잘 듣지 못한다. 하지만 그날은 달랐다. 새벽 3시 30분경, 깊은 잠에 빠져 있을 무렵 귓가를 간지럽힐 정도로 작고 잦은 소리에 눈이 떠졌다. 짜증을 두르고 거실로 향했다.

'대체 이 밤에 뭐야…'

싶은 말풍선이 머릿속에서 완성되기도 전에 마주해버린 녀석이 있었다. 한쪽 벽면을 가득 채우고도 모자라 천장을 기어오르고 있던 거대한 불! 녀석은 이미 주변에 손닿는 것들을 죄다 삼키고도 턱없이 부족한 듯 욕심을 부리고 있었다.

무서웠다.

녀석이 가속을 밟는 순간 모두가 무사하지 못할 것이라는 생각이 스쳤다. 나는 부랴부랴 복도를 뛰쳐나가 소화기를 주워들었다. 그러고는 마음으로 주문을 외웠다.

'안전핀을 뽑는다, 호스를 잡고, 불길을 향해 쏜다.'

하얀색 가루가 뿜어져나오고 단 몇 초 만에 불이 사그라졌다. 마치 마술쇼의 한 장면처럼 순식간에 앞이 보이지 않을 만큼 뿌연 연기로 가득찼다. 그리고 이 쇼의 주인공은 온데간데없이 사라져버렸다. 곧이어 사람들이 헐레벌떡 뛰어들어왔다. 이런저런 도움의 손길들이 이어지자 나는 그 손을 잡기 위해 간신히 쥐고 있던 정신줄을 놓아버렸다.

"이거 꿈이죠? 제 꿈에 와주신 거죠?!"

"으응으응, 아니요, 이거 현실이에요."

비현실적인 답변이 돌아왔고 난생처음 보는 풍경들이 펼쳐졌다. 아… 우리집에 불이 났다. 그리고 내 모든 감각을 마비시켜버렸다.

이후 충격을 흡수할 만큼의 숙제가 쌓이고 하나씩 정리되는 동안 조금 달라진 모습의 '제자리'를 찾은 공간에서 일단 한숨을 돌렸다. 이제 마음을 놓아도 되는 건가 싶은 그때, 폐 속에 가라앉은 분진이 날린다. 그것은 때론 노파심으로, 때론 공포감으로, 또 때론 아무 감각 없이 불쑥불쑥 튀어나온다. 갑자기 땅이 흔들리고 상상력이 겁을 집어먹는다. 인정하고 싶지 않은 마음에 괜찮다는 생각조차 떠올리지 않는다. 불안이 스침과 동시에 면역 반응이 일고 무안해질 만큼 멀쩡한 척을 한다. 애쓰고 있었다. 실제로 나는 괜찮지 않았다. 나의 현실은 여전히 거기에 있었다. 찰나에 모든 걸 덥석 집어삼킬 거대한 불. 나는 그것을 해프닝으로 여길 만큼 담대하지 못했다. 기억이 잔존하는 공간에 불안과 머물 자신이 없었다. 벗어나고 싶었고 다행히 벗어날 수 있었다. 그리고 비행기에 몸을 실었다.

며칠 뒤, 오빠로부터 걸려온 전화. 평소 해외에 나가 있을 내게, 그것도 이 늦은 밤에 전화하는 일은 흔치 않았기에 뭔 일인가 싶었지만 주변이 너무 시끄러웠던 탓에 바로 받지 못했다. 그리고 곧 도착한 메시지.

'아버지 가셨어.'

이 여섯 글자에 덜컹 지진이 일었다. 하지만 본연의 뜻을 이해 못하기라도 한 듯 그 말을 믿어내질 못하고 밀어내고 있었다.

'응? 진짜?! 설마… 정말?'

거짓말 같은 현실이 연말정산이라도 하듯 연달아 찾아오는 것 같았다. 지난달엔 갑자기 화재가 들이닥쳤고 이번달엔 갑자기 아버지가 돌아가셨다. 한 달이 채 안 되는 사이 일어나버린 일들이다. 참 재미없는 현실이다. 또 현실감이 있든 없든 벼락 맞은 숙제들투성이다. 한 사람 인생의 한해 겨울 동안 이 거대한 일들이 연달아 일어나는 게 도대체 가능한 걸까.

정신을 가다듬고 어찌할 바를 정한다. 일단 오빠가 있고 동생이 있다. 그리고 그들은 나에게 매우 중요한 몇 안 되는 존재들이다. 그저 가족이라는 프레임 안에 엮여서가 아니다. 독특할 만큼 끈끈한 무언가가 있다. 마치 거미줄에 차례로 포획당한 먹잇감들처럼 같이 살기 위해 발버둥쳐온 생존자라 해도 과언이 아니다.
수년간 내 등뒤에서 나를 보좌해주었던 그들이 이 순간만큼은 내 앞에 등을 보이고 서 있었다. 마치 빼앗기기 쉬운 무언가를 내보이지 않기 위해 감추듯, 내가 보이지도 들리지도 존재하는 것 같지도 않도록 단단히 돌아서 있었다. 그리고 나는 원체 수동적이었던 인간인 양 그 다정하고 자상한 등살에 밀려 잠자코 숨어 있었다. 애초부터 어찌할 바를 정하는 그 골 아픈 일을 내 손에 쥐어줄 마음이 없었던 것 같았다.

우리에게 아버지란 그런 존재였다. 적어도 나에겐. 얌전하게 말하자면 생물학적 존재. 있는 그대로 말하자면 아비 같지도 않은 존재. 더 나아가 말한다면 완전히 도려내고 싶은 존재.
누구나 각자의 가정에 한 가지 혹은 여러 가지의 가시를 품고 산다고 한다. 나 역시 돋아난 뿔이 두세 개 정도는 있었다. 얼핏 그려놓으니 악마가 따로 없어 보인다. 그리 만들어진 건지 그리 태어난 건지는 알 수 없지만, '마지막 헌신'을 위해 공들여 뿔을 감추고 자식 된 도리라는 가죽을 뒤집어쓴 채 그 자리에 서 있을 자신이 없었다.
그저 지금은 숨고 싶었다. 모르고 싶었다. 아니 몰라도 되지 않을까 싶었다.
대한민국이라는, 유교 사상이 진한 나라에서 태어나 부모를 등진다는 게 사회를 등지는 것만큼이나 냉혹한 잣대를 감당해야 하는 마이너스 비즈니스라는 걸 모르지 않는다. 하지만 앞뒤 사정없이 폭력에 가까운 일방적인 부조리함은 부도덕

한 것보다 더욱 지독하다는 생각을 한다.
그렇기에, 이치가 맞지 않는 때일수록 과감한 결단을 내려야 한다. 바로 지금처럼. 구경도 못해본 이들 앞에서 구경거리가 되느니 고개를 절레절레 젓게 만들더라도 제대로 된 내 생각대로 살 것이다. 이것이 내가 그 자리에 없을 이유다.

기차를 타고 가까운 바다로 향했다. 생전에 바다라면 사족을 못 쓰던 양반이라 마지막 인사는 그곳이 낫지 않을까 싶은 마음에 국화꽃 한 송이를 들고 향했다. 솔직히 그를 위한 마음으로 나선 것은 아니었다. 어디까지나 나의 미래에 한 톨의 아쉬움도 없을 과정이 필요했기에 최소한의 것을 택한 것뿐이다.
그리고 몇 시간 뒤 도착한 바다에 전부 흘려보내주었다. 마지막으로 물살에 뒤뚱거리며 깊은 곳을 따라 멀어져가는 국화꽃의 뒤통수를 향해 말했다.

"다시는, 다시는 이쪽으로 돌아오지 마세요."

이로써 반은 끝이 났다.

차가운 물결을 뒤에 두고 돌아오는 길, 여전히 두서없는 생각들이 차고 넘쳐 상당히 불편했다. 바로 방으로 들어갈까 고민하다 마음을 고쳐먹었다. 적막함에 짓눌릴 것 같아 겁이 나기도 하고, 약간의 노이즈가 이 시끄러운 망상의 보호막이 되어주지 않을까 싶어 호텔 바에 앉아 차근차근 생각을 끊어내보기로 했다. 약간의 술만으로도 미쳐오는 알딸딸함으로 사고를 달래보지만 마음만큼 쉽지가 않다. 마침 그때 불쑥 들어온 한마디.

"혹시 중국인입니까?"

심각하던 찰나 옆구리의 간지러운 부분을 쿡 하고 찌르는 것 같은 엉뚱한 질문 하나에 근심이 구겨져 더이상 일어서질 못했다. 아, 이 얼마나 아찔하게 짜릿한 코미디인가. 너무도 갑자기 훅 들어온 한마디에 벌레 같은 잡념들이 날아가버렸다.

"아니요. 한국인입니다."

"아, 한국 사람처럼 안 생겼네요."

"하하, 그런가요?!"

"저는 한국 음식 너무 좋아해요. 매운 게 너무 좋아요. 종종 한국 음식점에 가서 매운 거 먹어요. 너무 좋아요."

"그래요? 저는 한국인이지만 매운 건 자신이 없네요."

"에? 정말요? 맛있는데…."

계속되는 대화들로 시간이 채워지고 맨정신 역시 바라는 만큼 흐릿해졌다. 그저 이런 시시콜콜한 순간이, 맑은 풍경(風磬)처럼 예뻤던 누군가의 웃음소리가, 나를 구원해준 날이었다.

이제 진짜 굿나잇.

9

나무늘보

그는 기본적으로 사람에게 별로 관심이 없고, 주변에서 일어나는 소소한 부분들 역시 눈치채지 못하며, 이따금 짜증스러운 상황 속에서도 크게 감정이 동요하지 않기 때문에 그다지 화를 내지도 않는다. 신기하다. 나에겐 불가능한 일이다. 생각해보면 그는 늘 그랬다. 내가 예민해질 상황에서도 그는 전혀 눈치채지 못했고 쉴 새 없이 돌아가는 내 감각 레이더의 일렁이는 파장 역시 알지 못했다. 다만 내 안에서 꾹 눌러놓은 감정이, 혹은 리액션이 갑자기 툭 하고 튀어나오는 순간 세찬 공에 맞고 놀라 자빠진 그물처럼 그제야 출렁거렸다.

"왜, 왜, 무슨 일인데?!"

설명하는 것도 귀찮고 화를 내는 것 역시 매우 귀찮다. 예민함과 성가신 것들이 불 위에 올려놓은 우유처럼 갑자기 끓어오를까 위태위태하다. 그는 애써 열을 가라앉히고 있는 내게 한마디한다.

"너는 기본적으로 사람을 매우 중요하게 여기기 때문에 주변을 신경쓰는 일이 잦고, 이따금 짜증스러운 상황 속에서 과할 정도로 화가 치밀어 감정 조절이 어려운 것 같아."

그래서 안 부딪히는 게 상책이다.
그래서 집밖으로 나가는 것을 좋아하지 않는 것 같다.
그래서 사람을 만나고 돌아오는 날엔 피를 죄다 빨린 것같이 창백해져 있다.

윽. 이렇게 기분 나쁠 정도로 정곡을 찔리니 전의를 상실해 버렸다. 오히려 이해받은 것 같은 이상한 기분에 포근함까지 스며들었다. 하지만 아직 잔재하고 있는 감정찌꺼기들이 나를 괴롭히는 동안 회복력 빠른 그의 이성은 이미 제자리를 찾아 움직이고 있었다. 그러고는 역시나 늘 그렇듯 아무 일 없었다는 듯이 아무 말 안했다는 듯한 분위기가 흐른다. 아, 이제야 말이 통할 것 같았는데 벌써 끝이 났다. 그 순간 참을 수 없는 외로움이 치민다. 먹칠로 가득한 하늘에 별 하나가 반짝거린다 싶었는데 자체 소멸해버렸다.

아쉽기도 하고, 건드려진 것에 또다시 짜증이 나기도 하고, 돌아버릴 것 같은 쓸쓸함이 고요를 삼켜야 한다는 것에 체기까지 돌기도 했다. 하지만 절대 들켜서는 안 되는 감정이다. 이 이상은 스스로 선을 넘는 것이다. 정도가 지나쳐버릴 것이다. 그래, 더는 발가벗겨지지 않아야 한다.
이 어그러진 무언가를 억지로 이해받는 상황은 토할 것같이 싫다. 느껴지기만 할 뿐 보이지도 않는 무언가에 지는 기분이다. 이렇게 또 한 장면이 시시하게 마무리지어진다.

언젠가 실내 동물원에 갔을 때 나무늘보 녀석과 눈이 마주친 적이 있었다. 나는 재미삼아 마음으로 외쳤다.

'괜찮지 않아! 외롭지? 이해해.'

그러자 내 눈을 가만히 바라보던 녀석이 조용히 그리고 매우 느린데도 빠른 느낌으로 나에게 다가왔다. 그것이 너무 순식간이라 옴짝달싹 못하고 있었다. 천장을 스윽 밀고 다가오듯 가까워진 나무늘보는 나를 향해 천천히 손을 내밀었다. 그러고는 마치 '나와 같이 가자'는 듯한 표정을 지었다. 홀린 듯이 멍 때리고 서 있던 나는 저만치서 외쳐온 "만지지 마세요!" 한마디에 정신을 차리고, 내 앞으로 흘러내린 녀석의 손을 코앞에서 지운 채 가던 길을 이어 갔다.

아마도 그날 저녁, 녀석의 밤하늘에 뜬 작은 별빛은 반짝 빛을 내는 순간 자체 소멸해버렸을 것이다.

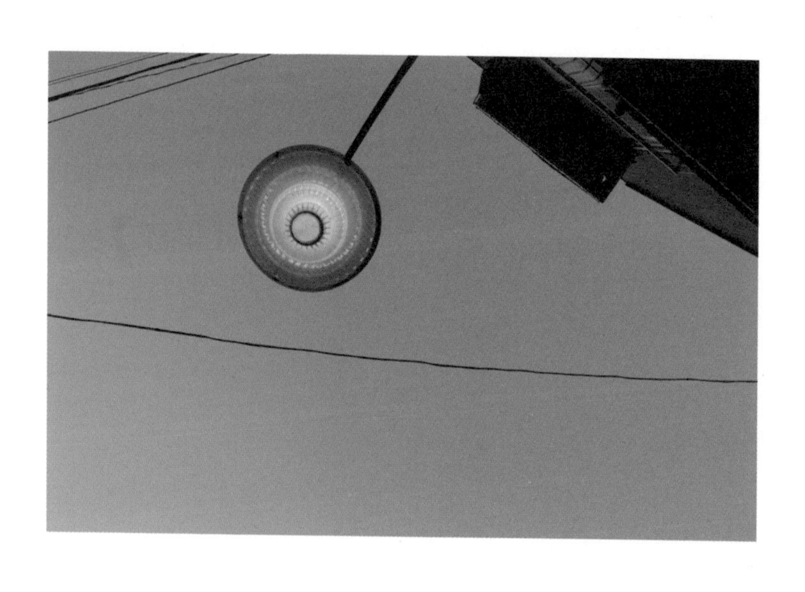

나이가 어떻게 되세요?

10대 땐 그렇게 20대가 되고 싶었다. 왠지 20대가 되면 뭐든지 혼자서 해낼 수 있을 거라 생각했다. 허락도 책임도 전부 내 안에서 이루어지기에는 아직 너무 어리다는 시선이 싫었기에 '어른의 도움'을 빌리지 않아도 되는 순간이 늘 간절했다. 그리고 탄생한 20대는 밀레니엄시대와 동시에 한 발짝 들어선 덕분에 불꽃이 팡팡 터지며 요란하게 시작되었다.

기대에 가득찬 20대는 쉼 없이 이어지는 일들과 직업적 특성상 계속 새롭게 만나는 사람들, 끊임없이 변화하는 환경 속에서 소용돌이쳤다. 안타깝지만 잘못된 만남도 있었고 다행스럽게도 잘된 가르침도 있었다. 청춘 특유의 우울한 사고들이 '있어 보이는 분위기'를 빚어내는 동안 잠자코 숨죽이던 광기가 카리스마를 드러낸 시기이기도 했다.

물론 그렇게 숨가쁘게 바쁜 나날들 속에서 '아, 쉬고 싶다. 아, 일하기 싫다. 아, 푹 자고 싶다' 등등의 원초적 욕구들이 샘솟긴 했지만 주어진 상황이 얼마나 감사한지 모르지 않았기에 '목숨만 빼고 다 내놓는' 최선을 보이려 애썼다. 그냥 성격이 그랬다.

그러면서 슬슬 다가오는 30대. 그러나 아직 도착하지 않은 서른 살 이전에 큰 변화가 일었다.
가족이 생겼다. 그리고 숨가쁘게 흘러가던 모든 것들이 바뀌었다. 직업과는 다른 방향으로 정신 못 차릴 만큼, 몸이 두 개라도 모자랄 만큼의 일상들이 자리잡았다. 아이를 키운다는 것은 손을 얼마나 들이든 상관없다는 식으로 매우 끊임없이 나를 필요로 했고, 순식간에 시간이 흘렀다. 성격도 바뀌었다. 이전에 비하면 상당히 사교적이고 다분히 편안하게 바뀌었다. 용서되는 것들이 많아지고 요구하는 것들 또한 많아진 시기였다.
아이가 크는 모습을 담다보니 내 인생을 담을 공간이 없어 잔존하는 기억의 대부분은 아이로 채워져갔다. 잠을 잤는데도 제대로 잔 것 같지 않았고, 밥을 먹었는데도 금세 허기가 졌고, 분명 잠깐 소파에 앉아 쉬었는데도 충전이 되지를 않았다. 하지만 내가 (귀여워서) 못 이기는 고양이보다 훨씬 더 강력하게 이기지 못하는 존재가 쭉 곁에 있으니… 귀여워서 참을 수가 없었다. 너무 귀여워서 턱이 아플 정도로 이가 앙물리고, 괴롭히고 싶을 만큼 귀여워서 이 이상은 원하지도 필요로 하지도 않게 되었다.
그래, 어쩌면 이 작은 존재 하나로 일상이 살아 있었으리라. 솔드 아웃 직전의 모든 기력이 그곳에서 샘솟은 것 같았다. 그렇게 언제 들어왔다가 또 어떻게 나가고 있는지도 모를 만큼 신기루 같았던 30대가 끝을 향해 흐르고 있었다.
그리고 얼마 후 또다시 많은 것들이 변했다. 아이가 더는 내 손을 빌리지 않아도 되는 부분들이 커졌고 내가 모든 것이지 않아도 되는 새로운 세상이 열렸다. 스스로 해내야 하는 것들이 많아지고 나를 포함하지 않는 그룹이 생겨났다. 그리고 그 안에서 충분한 즐거움을 찾고 있었다. 나는 그저 지켜보기만 하면 되는 다소 낯선 입장이 되었다. 그렇지만 이건 이거대로 나쁘지 않았다. 성장은 늘 반가운 것이라고 생각했다. 몸도 마음도, 환경까지도 건강히 성장해주는 것에 감사함마저 느껴졌다.
그렇지만 채워져야 할 저장 공간에 찬바람이 스며들고 바삐 돌아가야 할 시간 역시도 숨죽임이 많아졌다. 그러자 오랫동안 잊고 있었던 공허함이 조금조금씩 눈치채지 못하게 부피를 키워나갔다.

마침 그때 세상에 큰 변화가 일었다. 코로나19라는 성가신 바이러스 하나가 전 세계를 갉아먹고 있었다. 자의든 타의든 사람들이 집안에 콕 틀어박혀 나오지 못하게 되었다. '언택트'라는 말이 일반화되었고 마스크 속으로 표정도 위생도 생김새도 감추는 것에 익숙해지고 있었다. 이 시기 내가 산 마스크의 종류를 기억하는 것이 시시각각 변하는 가족들의 얼굴을 기억하는 것보다 더욱 선명했다.

3년이 흘렀다. 그사이 나는 현관문조차 열지 않을 정도로 완전히 집에 틀어박혀 있기도 했고, 말을 하고 싶지도 듣고 싶지도 않아 쭉 일본 만화만 틀어놓고 살기도 했다. 교류라는 선택적 사치를 부릴 마음이 1도 생기지 않았으니 사람 만나는 일도 거의 없었다. 마음씨 좋은 가족들은 이 모든 순간을 아량 있게 받아들여주었고 되도록 나를 내버려두려 무던히도 노력해주었다.

"다리 주물러줄까?"

"뭐 필요하면 말해요."

이 두 문장은 꿈에 나올 만큼 정말 질리도록 들었다. 참 착하고 자상한 남편이다. 10년째 눈만 마주치면 콧등을 살짝 찡그리며 미소 띤 얼굴로 "사랑해요"라고 말하는 딸아이 역시 너무 스윗하다. 하지만 그럼에도 불구하고 내 안에선 그 무엇도 긍정적이지 않았다. 아무리 기다려도 되돌아가지지를 않았다. 공허함이 키운 부피에 어느 순간 갇힌 기분이 들었다. 하지만 출구를 찾아야 한다는 의지가 떠오르지 않았다. 그냥 풍선같이 부풀어오른 감정 속에서 잠시 살기로 했다.
그렇게 살금살금 다가온 40대.
온 줄도 몰랐다. 어느 순간부터인지 나이를 세는 것을 잊고 산 것 같았다. 게다가 바이러스로 인해 얼어버린 시간이 예상보다 길어졌기에 더더욱 '아 이제 40대구나' 하는 기분이 전혀 들지 않았다. 여기서 더 우울해지거나 아프거나 그런 일도 없었다. 그냥 그렇듯 그럭저럭 재미없게 흘러갔다.

하지만 한 가지 변화는 있었다. 걷고 싶어졌다. 바깥세상과 마주하고 싶은 기분은 아니었지만 길에서 숨 쉬고 싶었다. 소파에 찐득찐득 달라붙은 몸이 썩는 듯한 기분이 들었다.

이대로는 곧 죽을 것 같았다. 아니, 마음이 먼저 죽을 것 같았다. 적당한 단절이 필요했기에 늘 귀에 이어폰을 끼고 걸었다. 처음에는 30분. 그다음은 한 시간. 며칠 뒤부턴 두 시간. 그러고는 하염없이 걷고 또 걸었다. 운전하는 걸 너무 좋아하지만 이번만큼은 최대한 자제하고 싶었다. 그만큼 걷는 시간이 좋아졌다. 때론 과부하로 몸 여기저기서 고장 신호가 뜨기도 했지만 그 이상으로 걷는 시간이 절실해졌다.

꾸준함은 정말이지 신이 주신 축복과도 같았다. 나는 어느새 여러모로 건강해져 있었다. 만화 외에도 음악이 일상에 자리 잡았고 음악으로 인해 가족들과 대화하는 기회도 잦아졌다. 꾸준히 봐온 애니메이션으로 인해 일본어가 좋아졌고 배움에 대한 호기심도 피어나 수업도 시작했다.

집중만큼 싫증 역시 빨라 그리 길진 않았지만 적어도 4-5개월은 배움의 이유로 바깥을 정말 부지런히 다녔다. 그사이 바이러스로 인한 일상도 점차 회복되어 멈춰 있던 세상이 다시 활기를 띠고 움직이고 있었다. 그리고 덤으로 나에겐 '혼자 있는 시간이 필요해'에 대한 중독이 생겨버렸다. 갈증어린 마른침을 삼킨 채 또 몇 개월이 지났다.

얼마 뒤 떠난 잠깐의 일본 여행. 참 오래 기다려온 시간이었다. 갔다 오고 또 갔다 와도 모자란 기분이 들었다. 그래도 좋았다. 가장 최근의 여행은 짧지 않았다. 든든한 지원이 되어준 가족들 덕분에 무려 2주간이나 혼자 있는 시간을 선물받았다. 쭉 기다려온 친구와 그녀의 가족을 만나기도 했고, 도심과 조금 떨어진 곳에 무작정 발걸음하기도 했고, 달고 맛있는 것들을 지나치지 않고 마음껏 먹기도 했다. 또한 나만의 루틴을 만들어내기도 했으며, 목소리가 참 예쁘고 무척 상냥한 새로운 친구들도 생겨났다.
그렇게 2주가 순식간에 지나갔다. 나머지 일주일간은 가족들이 오기로 했다. 그들과 함께하는 시간 또한 즐겁고 새로웠지만 그만큼 빠르게 넘어가는 날짜가 야속하게 느껴졌다. 그리고 떠나기 이틀 전날 저녁. 나의 새로운 친구들과 인사하기 위해 호텔 바로 향했다. 그녀는 늘 같은 질문으로 시작한다.

"오늘은 어디에 갔나요? 뭘 했어요? 즐거운 게 있었나요?"

나는 있는 그대로의 대답을 하려고 노력했지만 말이 그만큼 따라주지 않았다. 그렇기에 최대한 검소한 대답을 했다. 짧지만 기분좋은 대화가 이어지고 맛있는 칵테일 한잔을 들이켰다. 그러고는 잠시 뒤 바와 식당을 오가며 분주하던 그가 그녀에게 다가가 머리를 맞대고 무언가를 나누는 듯하더니 쑥스러움을 머금은 쿠폰을 내게 내밀었다.
2023년 12월까지 쓸 수 있는 무료 음료 쿠폰이었다. 아, 이렇게 귀여울 수가… 내가 꼭 다시 와주길 바라는 듯싶었다. 환영받는다는 건 어디든 혹은 누구에게든 참 고마운 감정이다.

"모레부터 안 온다는 게 너무 쓸쓸해요. 내일은 올 거죠?"

작은 햄스터처럼 웅크리고 살짝 미간을 찡긋거리며 아쉬워하는 그녀의 얼굴이 또 한번 귀여웠다. 사실은 '아니요'라고 답해야 했다. 그렇지만 나는 '네'라고 답해버렸다. 처음에는 '내일 오실 거죠?'라는 말을 흔한 립 서비스라고 생각해 대수롭지 않게 여기고 며칠을 그냥 지나쳤지만, 이후 그녀가 나를 계속 기다리고 있었다는 사실을 알아챈 순간부터는 말을 지켜야겠다는 생각이 들었기에 마지막까지 실천해보이기로 했다.

마지막날 바를 찾았을 때, 그녀가 운을 뗐다.

"드디어 마지막날이네요. 너무 슬퍼요."

"그러네요. 저도 아쉬워요. 하지만 꼭 금방 다시 올 거니까."

"시간이 너무 빨라요."

"여기서 정말 즐거웠습니다."

"아침에 가나요?"

"네."

"조식은 드시고 가세요?"

"아니요. 아침에 계속 자서…."

"아…."

잠시간의 망설임이 느껴졌다. 그러고는 조심스레 나에게 질문했다.

"'오이쿠쓰데스카'(나이가 어떻게 되세요)?"

"'오이쿠쓰'?? '이쿠쓰'??"

나는 한국 이외의 나라들은 타인의 나이에 별로 관심이 없다고 생각했다. 게다가 미국과 일본같이 프라이버시가 강한 나라일수록 흔히 한국인들끼리 물어보는 나이 질문은 하지 않는 게 좋다고 들어왔다. 그래서 그 단어 역시 기억하지 않고 있었나보다. 하지만 역으로 내 선입견에 스크래치가 났다. 갸우뚱거리며 '오이쿠쓰'를 반복하던 내게 그녀가 센스 있게 한마디를 거들었다.

"저는 28살이에요. 몇 살이세요?"

'아, 난사이(何歲, 몇 살)….' 그제야 나는 눈치를 챘지만 바로 대답할 수가 없었다. 정확히 기억이 나질 않았다. 아직 서른아홉인지, 이제 마흔인지, 해가 지났고 생일을 넘겼으니 마흔하나인지. 한동안 시간을 죽이면서 살아왔으니 정확하게 떠오르지를 않았다. 여유가 있다면 계산기를 두들겨보거나 포털 검색을 통해 신빙성 있는 대답을 해주고 싶었다.

"마흔 살이에요. 아 마흔이 아닌가. 4일이 생일이었으니 이젠 마흔한 살이겠네요."

어렵게 떠올려 뱉은 한마디에 예상한 반응이 되돌아왔다. 다소 동안이다보니 이 정도까지 나이를 먹었으리라 생각지도 못했다는 반응이었다. 물론 나에게 나이는 '그저 숫자에 불과한' 정보에 가깝다. 내가 나이가 적든 많든, 누가 나이가 적든 많든 생각과 경험에서 비롯되는 깊이에 나이가 미치는 영향은 크지 않다고 보기 때문이다.
그래서일까. 나 자신의 나이 먹음까지도 망각하고 살고 있었다. 그리고 때마침 들려온 "나이가 어떻게 되세요?"라는 질문에 태어난 해가 아닌 살아온 기억을 세고 있는 나를 마주했다.

봄꽃길

털어내고 싶은 것들이 있는 만큼 먼지가 날리는 거니까. 이 글에 담아 탈탈 털어버리고 싶은 것들이 세상에 먼지처럼 날리는 때에 분명 나는 소란스런 재채기를 해댈 것이다. 그렇게 잠시간 숨이 차고 머리가 띵해지며 불쾌할 수도 있을 것이다. 그래도 재채기가 무서워 봄을 맞이하지 않는 건 어리석은 일이다. 어쩌면 그런 일이 일어나지 않을 수도 있는 거니까.

나는 벚꽃을 참 좋아한다. 눈 날리듯 흩뿌려지는 벚꽃 하늘이 참 좋다. 올려다보면 볼수록 코끝이 시큰해진다. 눈은 아름다움을 좇고 있는데 햇살이 시야를 흐트러뜨린다. 그래도 시선을 뗄 수가 없다. 괴로운 무언가가 차올라 일렁이든지 간에 지금 이 순간은 다신 오지 않을 것이기 때문에….
아마도 8년 전쯤인가, 부산 달맞이고개에서 벚꽃이 흐드러지게 핀 길을 본 적이 있다. 나는 그저 운전대를 잡고 길을 오른 것뿐인데 문득 올려다본 차창 밖 풍경에 뜻밖의 선물을 받았다. 그 선물이 얼마나 벅찼는지 나도 모르게 눈물이 덜컥 났다. 낯설었다. 그리고 고독했다.

사실 나는 잘 울지를 못한다. 슬픔을 못 느끼는 것도 아니고 아픔이 없는 것도 아닌데, 그냥 어느 순간부터 울음을 감추고 사는 게 익숙해진 것 같았다. 울면 지는 것 같았고, 울면 약해지는 것 같았고, 울면 솔직해지는 것 같았다. 그래서 우는 법을 잊고 살았다. 내가 처한 직업군에서는 참으로 곤란한 질병일 것이다. 그런데 그 예상치 못한 순간에 어이없이 눈물이 차올라 운전을 이어가기가 버거웠다. 옆에 앉은 친구가 놀라 물었다.

"쩡, 울어? 왜 울어?"

"몰라, 나도 지금 되게 당황스러운데… 뭔가 너무 아름다우니까 막 눈물이 나네."

"뭐? 그게 왜 눈물이 나?"

"나도 몰라. 이게 좀 웃기지만 갑자기 나오는데 어떡해… 나이들었나?"

"하하하, 너 진짜 이상해."

"응 이상해. 근데 있지… 너무 예쁘다. 되게 막… 그냥 막 미친 듯이 예쁘다. 예뻐서 죽을 것 같아."

그날 왜 울었는지는 모르겠지만 아직까지도 그 찡한 기분이 또렷하게 느껴진다. 감당하기 벅찬 아름다움… 그걸 눈에 담고 있던 그 순간, 그게 또 무척 그리워 그 느낌이 변색될까봐 겁이 나 부산을 더이상 찾지 않았지만… 하지만.

지금의 나는 이다음에 흐드러지게 피어날 벚꽃 길 아래를 걷는 상상을 한다. 그리고 다음 봄에 그 길을 걸을 것이다. 그곳이 어디든 분명 여전히 아름다울 것이다. 그러니 그 길을 향해 갈 것이다. 막연한 두려움을 안고 설레는 가슴으로 용감하게!

말이 이끄는 힘

"새해 복 많이 받으세요, 종종 보고 싶다는 생각이 듭니다. 올해에는 꼭 찾아뵐게요~"

새해 인사는 가볍지만 이상하게도 책임감이 느껴진다. 꼭 뭔가 그렇게 되어야만 할 것 같은! 그래서 좀더 조심스러운 것 같다. 그럼에도 매해 지켜지지 않은 약속들에 자책감이 든다. 올해는 꼭 지키고 싶다. 정말 종종 보고 싶다는 생각이 드는, 정말 말뿐이 아닌 약속으로 지키고 싶은, 몇 년이 흘러도 같은 곳에서 지켜봐주시는, 그런 분과 함께하는 시간이 생각보다 그렇게 자주이지 않은 건 아마도 내가 무척이나 겁이 많기 때문일 것이다.

"난 자주 보고 싶어."

아, 이런 답장을 주실 줄은 몰랐다. 그리고 이 짧은 문장이 이렇게 복잡할 줄 몰랐다. 감사하고 따뜻하고, 죄송하고 짠하고, 어울리지 않지만 조금 쓸쓸하고, 또다시 진심어리게 다정한 기분이 뒤섞인 것이, 꼭 성분이 어딘가 잘못된 물질을 마주한 듯이 낯선 느낌이 들었다.

나는 지키지 못한 말들을 또 한번 뱉었다. 기회는 다시 주어졌고 저쪽에는 분명 두 팔을 활짝 펴고 반갑게 기다려주는 누군가가 있을 것이다. 올해에는 그들에게 반드시 닿아야겠다. 그가 끌어당긴 말의 힘으로 한 발짝 나아가야 한다.

정말 가끔이지만 이토록 솔직하고 놀랍도록 단순한 한마디에 세상이 바뀐다.

나의 새장 속 세상이.

반은 미치고 반은 행복했으면

초판 인쇄 2023년 7월 24일
초판 발행 2023년 8월 18일

글·사진 강혜정

책임편집 변규미
편집 윤희영
디자인 조아름
마케팅 정민호 박치우 한민아 이민경 정경주 박진희 정유선 김수인
브랜딩 함유지 함근아 김희숙 고보미 박민재 정승민 배진성
제작 강신은 김동욱 이순호

펴낸이 이병률
펴낸곳 달 출판사
출판등록 2009년 5월 26일 제406-2009-000034호
주소 10881 경기도 파주시 회동길 455-3
이메일 dal@munhak.com
SNS dalpublishers
전화번호 031-8071-8683(편집) 031-955-8890(마케팅)
팩스 031-8071-8672

ISBN 979-11-5816-166-8 03810

달은 ㈜문학동네의 계열사입니다.